# 鏡子裡的貓

Cat in the Mirror

楊翠・著

作者序

# 寫在故事裡的永恆依戀

《鏡子裡的貓》寫於二〇一三年，我還是一名大學生，涉世未深，專心念書，不了解世界，不了解自己。

那時生命尚未出現重大變故，我便產生一種錯覺，認為生活會一帆風順，永恆不變。可是我的父親突然身患絕症，四方奔波仍治療無果，他生命垂危。

家裡債臺高築，我們與親戚、朋友有了隔閡，我們互相抱怨、指責。這些事情我都能忍受，最可怕的是，我必須學著接受父親將要死去的事實。

那年暑假，我一邊幫家裡幹活，幫忙照顧父親，一邊在腦子裡構思這個故事。我每天都想，每天都寫。但新點子像噴泉一樣，源源不斷冒出來，我只好不停否定自己前一天所寫的內容。現實世界是無可奈何的，我什麼也不能改變，但故事在我的腦子裡，一切由我決定。

當然，故事難免受現實影響，我讓女主角也失去了父親。我心中十分愧疚，覺得自己故意讓小姑娘受苦，為了安慰她，我便給她一段冒險。她去往天馬行空的異世界，那裡熱熱鬧鬧、花花綠綠，每天都有新的奇遇，哪有時間悲傷呀！我努力要讓女主角過得充實一點，讓她的世界日漸完善，這樣一來，那個世界也成為我的武器，給我安慰。

誰不想永遠歡聚，誰願意分別？可是，千里搭長棚，沒有不散的宴席，離別才是人生的常態。我的父親將要離開，我將永遠失去他，我該如何面對？當年我作出的決定是——創造出一點新的東西來。

如今回頭看自己的早期作品，我發現好多幼稚、可笑的地方，看得咬牙切齒，恨不得穿越時空，給當時的自己幾個耳光。不過，我也發現自己現在喪失了許多天真、逗趣之處，有得有失。

所有的作品都是我的孩子，哪怕他有再多的缺點，我依然會全心全意愛他。如今，他重新打扮一番，漂洋過海走向你，親愛的小讀者，希望你多多關照、指點。

楊翠

二〇一九年六月十六日

# 目錄

第一章

# 生日

七月一直期待著十歲生日，因為和九歲相處了快三百六十五天，她已經厭煩了。

十歲生日這天，七月在奶奶家。現在，奶奶正忙著做蛋糕，伯伯準備做紅燒魚，媽媽在下班回家的路上，爸爸呢，可能在天上笑瞇瞇的望著她，同時唱著〈祝你生日快樂〉，七月則趴在陽臺上寫作業。

蛋糕實在太香了，濃濃的香味直往七月的鼻子裡鑽，她看著書上的題目，左看、右看都有蛋糕的影子，她索性放下了筆，趴在陽臺上望著樓下的小路。等會兒媽媽便會從那兒走過來，她第一眼就會望見七月，給七月一個溫柔的笑，然後把手中的禮物拿給七月看。

媽媽會買什麼禮物給她呢？今天早晨出門前，媽媽一臉神祕的樣子，看來會是個大驚喜了。

想到這兒，七月不禁笑了起來。這時，她看到好幾隻黃色的小貓從草叢裡跳到小路上，然後都轉過頭來望著她。七月本來就喜歡貓，見到這麼多貓，不由得叫了起來，興沖沖的跑下了樓。

七月來到屋外時，那一群貓已經朝著樹林裡跑去了。七月想也沒想便跟著牠們跑，她覺得把那些黃色的小貓抱在懷裡，一定特別舒服。

那些貓很敏捷，七月很快就找不到牠們了。正在四處張望時，牠們又出現了，於是七月繼續跟著那些貓。過了一會兒，七月的鞋裡進了石頭，便停了下來，那些貓也停下來，直到她繼續前進，牠們才前進。

七月加快速度想趕上牠們，那些貓也加快了速度。總之，牠們好像是為了幫七月帶路一樣，一直保持著和她之間的距離。就這樣追追停停，七月跑進了樹林深處，她看到那些貓跳進了一棟破屋子的窗戶裡。

那棟屋子似乎與這片樹林一樣蒼老，七月想，會不會是童話裡老巫婆的家？她的腦子裡冒出了一大堆可怕女巫的形象——她們的臉是皺紋的天下，顫抖的手裡拿著一瓶正在冒泡的綠色液體。七月覺得有些害怕，但好奇心占了上風，她決定進屋看看。

七月來到窗戶前，踩在一塊大石頭上，朝窗子裡望去，但是太黑了，完全看不到那些貓。她又來到大門前，見大門緊閉，猶豫了好一會兒，才終於深吸了一口氣，一腳踢開了那老舊的大門。那些貓就待在屋子的角落，門一開，光照了進來，牠們先是擠成了一團，然後又像一陣風，從七月的腳邊擠出了小屋。

七月被這些貓突然的舉動嚇了一大跳，等到她回過神來轉過頭去看時，已經沒了小貓的影子。牠們或許正躲在某棵茂密的老樹上，齜牙咧嘴的望著七月這個不速之客吧？七月看了看屋子裡，發現裡面塞滿了東西，只是灰塵很厚，蜘蛛網也多，看不清楚它們本來的樣子。她覺得這棟屋子怪陰森的，正準備離開，突然，她看到裡面似乎有什麼東西閃爍著光芒。

七月走進了屋子裡，想找到閃光的來源。她看到窗戶對面有一張看起來軟軟的長沙發，沙發上還有些梅花形狀的印記，應該是剛剛那些貓留下的。沙發後面掛著一幅風景畫，畫的是一片開滿各色野花的草原。風景畫的旁邊是個小櫃子，櫃子上放著一個花瓶，七月把臉湊到花瓶前，用手擦了擦，看到上面有一隻彩色的蝴蝶。

「這麼漂亮的地方怎麼就荒廢了呢？」七月看著花瓶，小聲的說。她繼續觀察小屋，突然在牆上看到了一張白皙的、圓圓的臉，那張臉上還有一對又黑又亮的眼睛。七月嚇了一跳，往後退了兩步，但很快的她就發現，那不過是牆上掛著一面鏡子，她看到的，其實就是鏡子裡的自己。

「真奇怪，看到自己的臉，竟然也被嚇了一跳，難道我還不熟悉自己嗎？」七月想。

鏡子太髒了，七月用袖子擦了擦，鏡子裡的七月和鏡子外面的七月一樣既乾淨又漂亮了。她盯著鏡子裡的自己，笑了笑，還對鏡子扮了一個鬼臉。鏡子裡的她好像就要從裡面跳出來，給她一個大大的、溫暖的擁抱。

突然，鏡子裡的她變得模糊了，接著，鏡子似乎變成了水面，盪漾著波紋，七月的影子就這樣盪開了。她嚇得大叫一聲，退後兩步，揉了揉自己的眼睛。等她再看鏡子時，裡面沒有了她，只有一隻黃色的貓！

七月嚇得說不出話來。這時，又有八隻貓出現在鏡子裡，牠們都咧開嘴對著七月笑，然後轉過身朝著那無盡的黑暗跑去。七月感覺鏡子變成了一個黑洞，有一股強大的力量把她往裡面拉。她使出渾身解數想要留在鏡子外面，但很快的，她就感覺自己跌了進去。

七月像溺水的人那樣拚命掙扎，慢慢才覺得自己站穩了。她有種被包裹在風裡往前飄動的感覺，周圍的一切都一閃而過，唯一能看清楚的，就是不停向前奔跑的貓。四周一片黑暗，七月卻感覺陽光正照在她的身上。這四月的、春天特有的溫暖陽光，讓七月忘記了恐懼，突然想睡覺了。就在半睡半醒之間，七月彷彿聽到了一個柔和的聲音細細的唱道：

「我們手牽手走在小路上，說好去流浪。」

「流浪？也挺好。聽伯伯說，他年輕時就想四處流浪呢！問題是，我和誰說好了呢？媽媽才不會和我一起去呢！是爸爸嗎？爸爸死的時候我才一歲，就算說好恐怕也忘記了。不過真想和爸爸一起去啊！那會是怎樣的感覺呢？但是我不想離開家，外面沒有伯伯做的紅燒魚，也沒有奶奶的蛋糕。當然，也沒有媽媽的責罵、同學的爭吵以及永遠做不完的作業——這點倒是不錯，也許我應該和阿滿（七月的愛貓）一起去流浪吧！還有那個喜歡坐在樹上的男孩。」七月心想。

「喜歡坐在樹上的男孩？他是誰？」想到這兒，七月清醒了過來。她感覺自己停了下來，又踩到了堅實的土地。她睜大眼睛，發現自己還在那面鏡子前，還在那棟小木屋裡，但是鏡子中的貓已經消失了。真奇怪，看到鏡子裡出現的是自己，七月竟然覺得有些失望。

「鏡子裡的貓，還有樹上的男孩，都是些什麼奇怪的東西啊？我絕對是在作夢，夢中的我一定認識一些現實中不存在的朋友。」七月喃喃自語。

這時，七月發現小屋裡變得很明亮，可是，明明現在天已經快黑了，難道太陽下山之後，真的馬上又從西邊升起來了？「鏡子裡出現一群貓這種事，也只有當太陽從西邊升起的時候才會發生吧？」七月一邊想著，一邊不自覺的來到了小窗前，她立刻被窗外的景色吸引了——那是一片開滿各色野花的明媚草原！

七月趴在窗臺上，看著窗外的風景。五彩繽紛的草原外是連綿不斷的青山，青山後是廣闊的藍天，藍天中飄著幾朵雲，就像棉花糖一樣。整個草原中唯一突出的地方是不遠處的一棵大樹，它可以說是鶴立雞群。

這時，一陣微風迎面吹來，吹亂了七月那一頭濃密的頭髮，七月不禁笑了起來。她還沒有心思想到自己遇到的事情有多麼奇怪，她現在唯一想做的一件事，就是到那片草原上曬太陽。七月衝出大門口，然後一腳踏進了那青翠的草叢裡。

那些草可真高，七月的整個身體都被淹沒在夾雜著花香和清風的草叢裡。有些草的葉子割得七月的臉火辣辣的，有些草的葉子就像溫柔的羽毛輕輕拂著她的臉。七月有時抬起頭來望望周圍的花、遠處的山；有時則低著頭，彷彿嗅到了泥土的香氣，聽到了草叢中小蟲子們的歌聲。

「原來真的有如畫的風景啊！說不定我現在只是在別人的畫中呢！如果媽媽、奶奶和伯伯在這兒就好了，我們就可以在這樣漂亮的地方野餐了。奶奶可以摘幾朵野花，或者拔幾株草，然後用它們做成美味的蛋糕。什麼原料只要經過她的手，都會變得很美味。我們吃完東西，可以先在那棵大樹下睡一覺，睡醒了，再到處轉轉。這樣過生日才有意思嘛！」七月一邊想，一邊高興得哼起了歌。

「但這只是我的夢，他們怎麼能來我的夢中呢？不過，如果我們能在夢裡互相拜訪，那真的很不錯。我要去看看媽媽的夢，說不定還能在裡面看到年輕時的爸爸。」

有那麼一瞬間，一絲擔憂閃過七月的腦袋：「如果這不是夢，那我該怎麼辦？」

美麗的景色會感染人的心情，七月的擔憂也很快就消失了。她繼續在草叢裡鑽來鑽去，有時候還敏捷的跳起來，彷彿想抓住空氣中的香氣。七月覺得自己說不定已經變成了一隻貓，在春風中跳來跳去。貓與人又有多大區別呢？能像貓那樣度過一生也沒有什麼壞處。

七月就這樣來到了一條清淺的小溪邊。那條小溪也和這兒一樣，充滿了春天下午慵懶的氣息。七月把手伸進水裡，水中的魚兒便游了開來。那水很涼，陽光照耀在水中的鵝卵石上，讓普通的鵝卵石也變得閃閃發亮，光彩奪目。

七月蹲在水邊，用手輕輕的觸碰水面，看著溪中的小石子，看著偶而經過的小魚和小蝌蚪，看著張牙舞爪的水草，然後也看到了自己呆呆望著水面的影子。

「真是清晰的夢境。」七月自言自語，「以前作夢時，總是感覺眼睛怎麼也睜不開。聽媽媽說，翻身之後就會忘記夢的內容，真希望現在正在睡覺的我不要翻身才好。」

蹲了一會兒，腳有些麻了，七月又沿著河岸走起來。也不知道走了多久，當她抬起頭張望時，看到不遠處有一頂黃色的帽子。

「有人！真是太好了！」七月心想。她飛快的朝著那頂黃色的帽子跑去，結果不小心踢到了一塊石頭，摔了個狗吃屎。她抬起頭來，揉了揉鼻子，然後看到她的面前是一隻黑色的皮鞋。繼續往上看，又看到了條紋褲子、黃色大衣，以及黃色的帽子。不過，帽子下面空盪盪的，也就是說，七月看到的是個透明人。

「啊——」七月大叫著從地上跳起來，盯著那個透明人，像盯著一套有意識的衣服。

那個透明人似乎也被嚇了一大跳，他的帽子掉在了地上。很快的，他就抓起帽子，蓋在自己的頭上。接著，他慢慢轉過了頭，看那樣子，彷彿是在用他那並不存在的眼睛看著七月。七月覺得自己全身的毛都豎了起來，身體也僵直了，現在只要誰拍她一下，她一定會癱倒在地上。

「你好，小姑娘。」那個人說道，天知道他的聲音是從哪兒傳出來的。從那張透明的嘴巴？或是從他的手套？或是從他的口袋？

「你好，那個，我看不到的，人。人，是吧？」七月結結巴巴的說，她不禁將雙手抱在胸前。

「對，是人。和你一樣。」那個人的聲音低沉，但是聽起來很友善。

「和我一樣？」七月小聲說，「一點也不一樣，我能在鏡子裡看到自己，你可不能。」

「那也是。我把你嚇了一跳，對嗎？」那個人說。

「如果你不生氣，我想說，當然嚇了我一跳。」七月說著，盤腿坐在他的旁邊，心裡也不像剛才那樣害怕了。

「我從來沒見過長成你這樣的人，事實上，我根本不知道你長成什麼樣子。不過你放心，我也不會暈過去。今天下午發生的事已經夠離奇了，再加上一個你也沒關係。老實說，如果你不是個透明人，我反而覺得很奇怪呢！反正都是夢，夢醒了，我就舒舒服服的躺在床上了。就算你要吃我，我回到床上，回到現實世界中，你也就奈何不了我了。」

「作夢嗎？」那個人說，「那也是，人生如夢。你說今天下午發生了很離奇的事，都是些什麼事？」

「我跟著一群黃色的小貓到了一棟小木屋裡，然後我照了照屋子裡的鏡子，鏡子裡又出現了九隻貓，牠們把我帶到了這個地方來。所有的這些事情發生在夢中，也就不奇怪了。」七月簡短的說。

「看樣子不是夢呢！」那個人說，「從那個世界來的吧？我們古老的傳說裡，那個世界的人都是這樣來的。當然，現在已經很少有人相信啦！」

「那個世界？我現在不在地球嗎？」七月問道。她看了看自己的四周，很美，就像在風景畫中，唯一有些奇怪的恐怕就是它們太美了。七月又看了看身旁的那個人，說道：「不過，聽你這麼說，應該是吧！夢中的世界不也是另外一個世界嗎？在我們那個世界，是不會有長成像你這樣的人。對了，你們這個世界的人，都是你這個樣子嗎？」

「不是。像我這樣的人應該不多，反正這幾年來，我一個也沒遇到。如果有一個和自己一樣的朋友該有多好啊！對了，忘了告訴你了，我叫白光，我準備去棲霞樓應徵。」那個人說道。七月覺得他此時一定在對自己微笑，就對著他笑了笑，說道：「我叫七月。」剛剛說完，七月又覺得，輕易把自己的名字告訴別人，似乎是不恰當的。

「你對我笑真好。」白光說，「這個世界的人也不喜歡看不見的朋友，這幾年我很少收到這樣的微笑。」

「你看起來還不錯，反正我不討厭你。」七月說，「而且，就算朋友長得和我們不一樣也很有趣呢！我有一隻貓，牠叫阿滿，是我最好的朋友，我有什麼不開心的事，都喜歡告訴牠。雖然牠不能說些話來安慰我，不過我相信，牠絕對聽懂我在說什麼。牠有時候會朝我喵喵叫，有時候會抓我，我還為此去醫院打過針呢。但牠還是我的朋友。」

「謝謝你。你現在準備怎麼辦？」白光又問。

「坐在這兒就行了吧？反正是夢啊！我只要坐著，夢自己會朝著特定的方向發展的。」七月說。其實，她覺得有些奇怪，今天的夢境太真實了。

「你最好還是快點明白才好，這真的不是夢。」白光又說，「你來到的是一個真實的世界，至少和你所在的世界一樣真實。」

「是嗎？我就當你說的是這樣吧！」七月點了點頭回答道，她一點也不相信這位透明人說的話。「我肚子有些餓了，先回去了。在我們那個世界，現在應該天黑了。我要先找到那棟小木屋，也許在鏡子裡面照一照，我就可以回家了。再見，白光先生。」七月說著，便轉過身，飛快的跑了起來，心裡想的卻是再也不見。

跑了一陣子，七月停下來向四周張望，不得不承認，除了沿著河岸走過的地方，她一點也記不得其他走過的路啦！她看見草原上那唯一的一棵大樹，在河對岸的不遠處，像是一把綠色的大傘，不過，剛剛從小屋那兒望過來的時候，它更像一朵綠色的蘑菇。

七月敏捷的跳過小溪，從草叢中鑽了過去，爬到了樹上。這時她清楚的看到，一條如緞帶的小溪從遠處墨綠色的山群發源，淹沒在草叢裡，把整個草原分成了兩部分。一陣風吹來，整個草原就像被一雙溫柔的大手撫摸著。那些草叢還是那樣的美，而七月剛剛走過的路，沒有留下一點痕跡。那棟破破爛爛的小木屋，也從草原上消失了。

「奇怪？怎麼不見了呢？」七月坐在樹上大叫。這時，樹下傳來了腳步聲，原來是白光。

「對不起，再打擾一下。你知道那棟小木屋在哪個方向嗎？我可能走得太遠，已經找不到它了。」七月說。

「可能在東邊，也可能是西邊，南邊和北邊也有可能，誰也說不清。」白光喃喃的說，「我剛剛還沒說完呢，我知道一些關於那小木屋的事，就像童話故事一樣。小木屋在兩個世界之間旅行，讓我們世界的人能到你們的世界去，你們世界的人能來我們這兒。當你走出小木屋後，它就會消失，誰都找不到，除非它來尋找你。」

「它來找我？」七月問。

「對。它會來找你。也許下一秒就會來，也許得過上幾十年，也許永遠都不會來了。」白光說。

「如果它不來找我的話，我會怎麼樣呢？」七月問。

「永遠也找不到回家的路，永遠留在這個世界。」

「啊！怎麼會這樣？你一定是騙人的吧！」七月抱怨著。

「你不是也找了很久，都沒有找到那棟小木屋嗎？」白光輕聲說，「我也是第一次遇見你這樣的旅行者。說實話，若不是看到你沒找到那棟木屋，我也不敢相信傳說是真的呢！」

「我說了，我可能是走得太遠了，或是搞錯方向，才沒找到那棟屋子。我已經不是小孩子了，不會被這種奇怪的話騙到。」七月說完之後，跳下了樹，也不跟自己的新朋友告別，就直接向著河對面走去，繼續尋找那棟木屋。

白光望著她的背影，說道：「你找不到它的！還是先待在這邊，等它來找你吧！」不過，七月現在耳朵邊只有草在風中搖動的聲音和自己的喘息聲，白光的話她完全沒有理會。白光無奈的搖搖頭，看了看透明手腕上的那只手錶，也轉身離開了草原。

第二章

# 莊先生的家

七月氣喘吁吁的在茂盛的草裡尋找了半個小時後，陽光還是像她到達這個世界時那樣明媚，她不禁這麼想著：這個世界的時間一定和我們的世界不一樣。不過，也幸好有陽光的陪伴，讓七月在一陣亂竄和一無所獲之時，還能鼓起勇氣繼續找下去。

她有時候會跳到河的對岸，爬上樹，望著對面那空空的草原，想像自己當時是怎樣走過來的，然後跳下樹，選擇一條路走過去，希望能看見小木屋那老舊的臺階。但是每次她回到樹上，身上就多了些傷痕，也感覺回家的希望又小了一些。當她第九次爬上樹時，她已經決定放棄了。

「我永遠也回不去了，這就是十歲的生日禮物。」七月不禁趴在樹上哭了起來，她越哭越傷心，彷彿想把心裡的恐懼和茫然都用淚水淹死。

然而，當七月承認自己再也回不去之後，隨著失望而來的，還有那麼一絲絲的解脫。周圍的景色也不像剛才那樣討厭了，那片草原也不再是她回家的障礙。當「哇哇」的哭聲變成小聲的啜泣時，七月心中的陰霾已經慢慢消失了。

這個世界上，恐怕再也沒有比哭更累的事了，七月覺得眼睛都睜不開了。她止住了哭聲，擦乾了眼淚，然後呆呆的望著前方。紅燒魚和蛋糕的香氣圍繞在她的鼻子邊，媽媽、奶奶和伯伯的說話聲彷彿就在耳邊，不過他們的笑臉卻漸漸遠去。七月的身體變得軟綿綿的，再也不想動了，眼皮也不禁合了起來。

雖然特別想睡覺，七月還是很警覺的。當她聽到草叢中傳來了窸窸窣窣的聲音，趕緊將身體縮進了樹葉叢中。

聲音正向著大樹靠近。透過樹葉的縫隙，七月看到一片圓圓的紅色葉子正向著大樹緩緩的移動。「樹葉下面會是什麼呢？」七月心想，「會不會是什麼奇怪的動物？或者是小個子的人，以螞蟻為食？」七月目不轉睛的盯著那片樹葉，完全忘記了剛剛的悲傷。

那片樹葉一會兒淹沒在青草裡，一會兒又冒了出來，突然，它又朝天空飛去，終於，七月看到樹葉下面有一張黑色的、圓圓的貓臉。這時，那片樹葉朝後轉，葉子下的貓對著後面的草叢叫道：「阿芒，和你的那群笨貓快點行嗎？」那是一個「女孩」的聲音，聽起來很凶。

「又是貓！還是會說話的貓。」七月想。

很快，又有第二片樹葉出現在第一片樹葉後面，接著是第三片，第四片。一共有九片樹葉，最後，它們都圍在大樹下。那些貓把樹葉放下，七月發現，除了最先那隻貓是黑色的，其他都是黃色的。

「快把梯子搭好。」那隻黑色的貓說。

「為什麼每次都是我們？不公平！孤影，你有時也得做一下吧？」那隻叫阿芒的黃色貓不滿的叫道。黑貓瞪了阿芒一眼，阿芒吐了吐舌頭，嬉皮笑臉的說道：「搭就搭吧！孤影，你可別發火。」

「奇怪？一隻貓竟然叫孤影？」七月心想。

阿芒首先蹲在草地上，接著一隻黃貓跳到了他身上，很快又有其他的黃貓跳上去。八隻黃貓搭成了肉球梯子，最後，孤影跳到了最上面，敲了敲樹幹，不耐煩的喊著：「大眼蛙，快開門！」

樹幹上傳來了開門聲，接著是一個又粗又難聽的聲音說道：「吵什麼吵，打擾青蛙睡覺！」雖然好奇，但是孤影離她太近了，七月連呼吸都不敢呼吸，更別說是伸出頭去看了。

「我們要去十三大街，快點開門，看門蛙。」孤影說道。

「每天都到那兒遊蕩，你們煩不煩啊！」那隻青蛙說。

沒多久，那隻青蛙就大叫了起來，把七月嚇了一跳。只聽他說道：「孤影，你這隻瘋貓！我的臉都被你抓到破相了！」

「原來是被貓抓了啊！」七月想。

「誰教你不識相，蠢蛤蟆！在這兒工作就好好工作，快開門，我們要進去。」孤影又說。

「現在還不到開門時間，天還沒黑。而且我不是蛤蟆。」青蛙又說了。

「馬上天就黑了。」孤影說。

她的話才剛說完，七月就感覺黑暗從遠處湧來，很快就掩蓋了本來充滿陽光的世界。七月一時還適應不了眼前這一片漆黑，她伸手在前方亂抓，結果差點從樹上掉了下來，還弄出響聲，暴露了自己的行蹤。

「樹上有人！」孤影說。

這時，樹葉叢中突然變得明亮起來，就像那兒藏著一個小太陽。七月的心也放鬆了一些，不過馬上就嚇得大叫起來！那隻叫孤影的黑貓正蹲在她的面前，眼睛閃著光，冷冷的望著她！

七月被嚇得不輕，從樹上掉了下去。還好樹下是草地，她並沒有摔傷。

那些貓都圍在她的身邊，孤影也從樹上跳了下來。七月從地上爬起來，沒好氣的說道：「嚇死我了！」

「你是誰？」阿芒問。

「我叫七月，你好，會說話的貓！」七月對阿芒說，她發現這隻黃色的小貓可愛多了。

「奇怪的氣味。」黑貓望著七月說道，「你不是這個世界的人。」

「應該不是吧？我所在的那個世界沒有會說話的貓。」這時，七月看到了樹幹上開著的小窗戶，窗戶裡伸出了一個青蛙的腦袋。孤影叫他大眼蛙，他的眼睛確實特別大。而亮光則是從直立在青蛙面前的一道門裡射出來的，那道門，七月就不知道是哪兒來的了。

「從木屋過來的，對不對？」孤影又說了，七月感覺遇到了知音，使勁點著頭。

「真的有木屋和旅行者啊！」阿芒瞪著眼睛說道，其他黃貓雖然沒有說話，但是也一臉驚奇。阿芒來到七月面前，嗅了嗅她身上的氣味，又把她上上下下打量了一番，然後說道：「除了氣味有些古怪，長得和我們這個世界的女孩差不多啊！」

「你們這個世界的女孩？」七月想到今天下午遇到的透明人和現在這兩隻會說話的貓，她完全想像不到，這個世界還有長得像她一樣的人。

這時，有幾個長相怪異的傢伙朝著發出亮光的門走來，他們一個個都又肥又高，鬍鬚與頭髮一團一團的，又長又亂，完全把臉給擋了起來。

「晚上好！」大眼蛙對那幾個妖怪似的東西說道，他們也對大眼蛙點點頭，然後走進了那道充滿光的門裡。

「這幾天客人一定特別多吧？大眼怪。」阿芒對那隻青蛙說道。

「狂歡節嘛！妖怪們都想一起狂歡啦！而且今天是最後一天，當然更熱鬧了。可惜我得守著門，沒有機會參加啦！」大眼蛙說著，遺憾的歎了口氣。這時，有幾隻小老鼠也蹦到門前，跳了進去。

「我們也差不多該走了，孤影。」阿芒的眼睛突然變得很明亮，「我還要去捉金魚呢！」說完，阿芒便朝著那道門走去，那幾隻黃色的貓也跟著他。

孤影並沒有離開，只是望著七月，然後說道：「你準備怎麼辦？」

「我也不知道。我本來以為自己可以找到回家的木屋，可是天黑得太快了，我很害怕。」七月說到最後，聲音變得很小，她覺得在一隻貓面前展示自己的膽怯很奇怪。

「你看到那邊了嗎？」孤影伸出一隻腳爪指著遠處，七月順著望過去，看到了一團昏黃的光。

「那兒是莊先生的家，你去敲門，找四眼爺爺，他會讓你進屋的。」孤影說。

「這樣最好，莊先生一向熱情、好客，而且對木屋與那個世界深信不疑。」大眼蛙說道。

「你可以一個人過去嗎？」孤影又問。

周圍太黑了，而且到處都是草叢，七月真害怕突然鑽出一條蛇，或是跳出一個怪獸來。但是，看孤影一副很不耐煩的樣子，七月只好點了點頭，說道：「沒問題。」

「那就好，你照我說的去做吧！」孤影說完，也走進了那道門裡。接著，又有幾個長相怪異的妖怪過來，大眼蛙一一向他們問好，還表達對他們能參加狂歡節的羨慕。

七月覺得，與其穿過黑漆漆的森林，跑到莊先生的家裡，還不如走進這扇明亮的門裡呢！反正裡面是狂歡節，看看也不錯。趁著大眼蛙不注意，七月弓著身體朝那道門走去。一瞬間，她感覺自己融化進了光裡面，很快的，光消失了，七月發現自己只是來到了門的另一邊，根本沒有真正的進去。

「你不是妖怪，進不去的。」大眼蛙說，「這是妖精第十三大街，只有妖怪才能進去。人嘛！星期五晚上倒是可以來。你還是快去莊先生家裡吧！莊先生是個好人。」

「好的，謝謝你。」七月對大眼蛙說道。不過，她還是不死心，再次來到那道門的旁邊，把手伸進門裡，然後——就在門的另一邊看到了自己的手。看來，她真的只能去找莊先生了。七月深吸了一口氣，心裡默念幾句話為自己壯膽，然後朝著那昏黃的燈光走去。

一路上很安靜，七月總感覺背後涼涼的，好像有什麼古怪的東西跟著她。這麼一想，她似乎還能聽到背後有腳步聲。七月很害怕，越害怕，背後有東西的這種感覺也越強烈。最後，她索性跑了起來，也不管自己是不是踩到了水坑，也不管身上是不是被葉子割傷。等到她離開草原來到樹林裡時，總算鬆了一口氣。因為莊先生的房子就在不遠處，外面掛滿了燈籠，很亮，就算在她站的地方也能看得到。

七月邊走邊調整自己的呼吸，順便整理一下自己的頭髮。來到莊先生家的門前，她伸出手想敲門，但是，馬上又把手收了回來。

「不行，不行，我得鼓起勇氣才行，莊先生是個好人。」七月小聲對自己說，然後又深吸了一口氣，才一連敲了三下門，用發抖的聲音叫道：「你好，屋子裡有人嗎？」

沒有動靜，七月又敲了敲門，說道：「天黑了，我想借宿一晚，可以嗎？」她想到了孤影的話，便補充道：「四眼爺爺，可以開門嗎？」

屋子裡仍然沒有動靜，七月有些沮喪了。她回過頭去望向草原，還能看到那棵大樹和那道門。可是那邊沒有人收留她，這裡看起來也不歡迎她。七月突然覺得有些難受，眼淚便不由自主的掉了下來。

「愛哭的小鬼！」一個聲音響起。七月回過頭一看，又大叫了起來——她的面前飛著兩隻又細又長的眼睛！

七月伸出手擋住了自己的臉，過了好一會兒，才敢從指縫中望出去，那兩隻眼睛依然在她面前飄來飄去，似乎正在打量她。

「連眼睛也會說話，這是什麼奇怪的世界！」七月不由得說道。

「說話的不是眼睛，是我。」剛剛那個聲音又響起了，聽起來懶洋洋的，相當不耐煩。

七月放下雙手，循著聲音望去，看到圍牆上蹲著一隻灰色的肥貓，此刻正在打呵欠。七月頓時鬆了一口氣，說道：「原來是你在說話啊！我還以為是眼睛呢！你好，我要找四眼爺爺。剛剛有隻叫孤影的貓告訴我，四眼爺爺可以讓我在這兒住一晚。」

「孤影叫你過來的？」那隻灰貓從圍牆上跳了下來，仰著頭看著七月，鼻子動了動，說道：「你身上有古怪的氣味，是從那個世界來的，對吧？」

「大家都這麼說。」七月回答。

「怪不得。」那隻貓說著，又跳上了圍牆，指著七月面前那兩隻眼睛說道：

「這是四眼爺爺的一部分，你快跟他們打個招呼吧！」

七月一臉疑惑的看了看那隻肥貓，然後朝著那兩隻眼睛揮了揮手，還對他們笑了笑。很快，就有腳步聲響起。然後門被打開了，一個戴著墨鏡的老人，提著燈籠出現在七月面前。剛剛一直望著七月的那兩隻眼睛，也飛到了這位老人的臉上。

「你好，小姑娘。」老人笑眯眯的說。

不用他自我介紹，七月也知道，這就是四眼爺爺了。她趕緊向老人問好，然後把自己想要留下來的事告訴了老人。

「哦，住一晚啊！可以，進來吧！」老人說著，便領著七月走進院子裡。

和門外燈火通明不一樣，院子裡黑漆漆的，老人又走得很快，七月必須小跑步才能跟上他，結果一不小心就踢到了臺階，失去了平衡，幸好她拉住了四眼爺爺的手才沒有摔倒。

四眼爺爺轉過頭來看了看七月，說道：「太黑了，對吧？」七月點了點頭。

「莊先生不喜歡屋子裡太亮。」四眼爺爺說。

四眼爺爺把燈籠掛在大廳的窗戶邊，便去了旁邊的房間裡，那隻灰色的貓打了個呵欠就朝著樓梯口走去。他們離開前都沒有對七月說話，就像七月不存在一樣。七月在燈籠下的椅子坐下，望著窗外的黑暗，好像想到了家，但是，更多時候她只是覺得難過而已。

「小丫頭，你叫什麼名字？」四眼爺爺的聲音突然傳來，他端著一杯熱氣騰騰的茶，遞給了七月。

七月接過茶，好不容易擠出了一個微笑，說道：「謝謝您。我叫七月。」

「七月呀！好聽的名字，你是七月出生的嗎？」四眼爺爺這時已經來到了七月的旁邊，他的手裡還拿著一支勺子。

「是的。炎熱的夏天，我一點兒也不喜歡。」七月說。

「夏天也挺好啊！可以吃很多霜淇淋，你們小孩子不都喜歡這些嗎？我本來想招呼你，但今天晚上，孤影和阿芒都去逛街了，皮影又是隻懶貓，家裡人手不夠。我現在要去準備晚餐，你一個人坐在這兒可以嗎？」

「可以，我本來也有些累了。」七月說。

「你很難過嗎？」四眼爺爺又說。

「沒有，或許有吧！」七月說。

「什麼都瞞不過我的四隻眼睛。」四眼爺爺說著，從口袋裡掏出了一把花花綠綠的糖果，塞到七月的手裡，說道：「吃點糖果就可以變得開心了。」說完，他便朝廚房奔去。

# 第三章 晚餐

四眼爺爺給七月的糖果很好吃，當她吃到第七顆時，心情已經變得很好了，感覺本來昏暗、冷清的屋子，也變得明亮、溫暖起來。四眼爺爺在廚房裡應該也很高興吧？因為七月聽到他正哼著有趣的歌。七月想和四眼爺爺說說話，又不知該說些什麼，於是就安安靜靜的坐著，聽他唱歌。聽著，聽著，七月也不由得哼了起來，就像她早就知道那些曲子一樣。

廚房裡的飯菜一定也受到了歌聲感染，把自己所有的香味都散發出來了。雖然嘴巴裡有糖果，七月還是被菜香吸引，覺得肚子「咕嚕咕嚕」的叫了起來。

當她吃到第八顆糖果時，聽到樓梯上傳來「砰」的一聲，好像是足球砸在地板上了。接著就有燈光從樓梯口照下來，七月看到剛剛那隻灰貓從樓上走下來，他的毛變得很蓬鬆，讓本來肥胖的身體更加的圓滾滾。在那隻貓身後，還飄著一團火焰。那火焰長著兩隻細長的眼睛，一副無精打采的樣子。

這隻貓就是皮影了。他剛剛洗了澡，此刻，十里、百里外的人，都能聞到他身上那濃濃的香水味。皮影沒有看七月，倒是那團火焰發現了七月，他眼睛瞪得很大，飛到她的頭頂上，轉了好幾圈，然後對皮影說道：「這個東西是怎麼回事？」

「我是人，不是東西。」七月糾正。

「臭死了，怎麼可能是人！」火焰翻了個白眼，「太臭了，太臭了，臭得我都快熄滅了！」

「不要太誇張了，小火焰。」四眼爺爺拿著一顆番茄走了出來，「你連鼻子也沒有，怎麼可能聞到氣味？」

「可是我有大腦，我能感覺得到。很臭！很臭！老實說，你一定好幾年沒洗過澡了吧？」

「今天早上才洗過。」七月小聲說。她嗅了嗅自己的手臂，懷疑自己洗澡時，用了臭蟲味的沐浴乳。

「不用嗅啦！小丫頭。」四眼爺爺說著，把番茄塞進了那團火焰的嘴巴裡，那團火焰「吧唧吧唧」的嚼了起來，嘴裡還說著：「好吃，真好吃！」

「七月，你不用在意那火爆傢伙說的話，你身上什麼臭味都沒有，相反的，你還讓我們的屋子變得充滿了夏天的氣息呢！」四眼爺爺說著，摸了摸七月的頭。這時，那團火焰翻著白眼大叫了起來，說道：「番茄好涼，四眼怪物，你想害死我啊！」

「是你自己要吃的喔！」四眼爺爺說。

那團火焰瞪了四眼爺爺一眼，便鑽進了牆上的那盞燈籠裡，看樣子他是在烤火。一團火焰竟然也要烤火，七月覺得既奇怪又有趣。

「快出來，小火焰，莊先生要回來了，快去接他。」皮影說著又打了個呵欠。

「莊先生，莊先生，什麼事都是莊先生！我又不是專門服侍他的！」那火焰在燈籠裡抱怨著。但是，他很快就從燈籠裡鑽了出來，一臉不情願的朝著門外飄去。

四眼爺爺又去了廚房，指揮著鍋碗瓢盆完成今夜的晚餐。皮影在七月身邊蹲了下來，說道：「寧靜的夜晚。小姑娘，莊先生對那個世界很感興趣，可是你來得不是時候。」

「為什麼？」

「不要問，好好待一晚就行了，明天早晨最好離開。」皮影說著，也朝大門口跑去。很快，七月就聽到門外傳來了火焰那諂媚得可怕的聲音：「莊先生，您回來啦！工作辛苦啦！」

「今天嘴巴很甜嘛！是不是四眼爺爺給了你好吃的東西？不會是花生吧？」另一個柔和又冰冷的聲音響起，那應該就是莊先生了，也就是這房子的主人。這個和一群貓、一團火還有四眼爺爺生活在一起的人，到底是什麼樣子呢？

「四眼爺爺剛剛讓我吃番茄，我差點就死了！他就是偏心，總是欺負我！您每天在店裡完全不知道家裡的情況，四眼怪才不是好人呢！他是個大壞蛋！」火焰說。

「我知道，我知道。在你眼中，所有人都是壞蛋，你一定也當著四眼爺爺的面說我的壞話吧？」莊先生說著，笑了起來。七月覺得他的笑聲聽起來很疲倦。

「另外，莊先生，難道您沒有聞到什麼奇怪的氣味嗎？」那團小火焰又說，七月知道他在說自己。

「當然聞到了。皮影，老實說，今天晚上你洗澡之後噴了香水吧？」

「才沒有，本來我身上就挺香的。」皮影說。

這時，莊先生跨進了大門，一眼便望到了七月，他笑著說道：「原來今天晚上有客人啊！」七月站了起來，將兩隻手緊緊握在一起，怯生生的望著門口微笑的莊先生。

莊先生最引人注目的地方是——他那一頭火紅的頭髮和那一張蒼白的臉。另外，他還有著一雙丹鳳眼，鼻子很挺，嘴脣很薄。他的手裡則拿著一本紫色封面的書。那團火焰飄在莊先生的腦後，把他的影子拉得長長的。七月發現自己剛好踩在莊先生影子的頭上，不好意思的趕快朝大廳中間移動了兩步。

莊先生笑著朝七月走過來，他那黑色的大衣在風中擺動著。他走路也很輕，就像貓一樣。七月不敢抬頭，只好一直盯著莊先生的影子，她覺得莊先生就像是一個精靈，被魔法關在黑色的衣服裡，只要一碰，就會消失，回到他來的地方。當莊先生來到她面前，弓著身體望著她時，七月喃喃的說道：「就像肥皂泡泡一樣。」

「你是說，我像肥皂泡泡一樣，明天就不見了？」七月沒想到，莊先生聽到了她說的話。

「像肥皂泡泡一樣美好。」七月抬起頭望著莊先生。幸好，她現在幾乎淹沒在莊先生的影子裡了，不然被大家看到她那紅通通的臉，可真是丟死人了。

「謝謝你。你也一樣，很可愛、很脆弱。我在千山鎮可從來沒有見過你，你是從哪兒來的？」莊先生問。

「我好像是從另外一個世界來的。」七月說。

「好像是。你也不知道嗎？」莊先生笑著說。

「他們都說我來自另外一個世界，我只是覺得自己在作夢。」

「那就是了。當一個人突然到了一個完全陌生的世界，一定會覺得是一場夢的。不過，我可是真實的喔！也很真誠的歡迎你來我家！」莊先生依舊笑著說。接著，他看了看牆上的掛鐘，拉起七月的手，把她帶到大廳中央，說道：「你一定很餓了吧？現在什麼也不要想，我們開飯吧！四眼爺爺馬上就要從廚房為我們送來美味的食物了！」莊先生拍了拍手，燈籠與蠟燭都亮了，一張長桌子費了好大的勁從地毯中鑽出來，接著，四把椅子也從地毯中飛了出來，直飛到天花板上才又落了下來（伴隨著天花板上的灰塵）。

「品質可真好，」七月想，「如果是我家的椅子，恐怕就只能進垃圾桶了。不過，我們家誰也不能讓椅子飛起來。」

莊先生又揮了揮手，盤子、筷子和湯匙發出「叮叮噹噹」的撞擊聲，從廚房裡衝了出來。那些餐具似乎自己發明了一套舞蹈，跳起來還有模有樣的，真有意思。七月發現，其中有一個長得很像菸斗，她實在猜不透那是用來幹什麼的，心想，這兒的習俗不會是在飯前每人先吸上一口菸吧？

這時，廚房傳來了四眼爺爺那沙啞的聲音：「嘿！等等！」然後一隻手伸出來把菸斗取了回去，接著就是責罵聲：「你跟著飛出去幹麼？只有老頭子我才稀罕你啊！」

等餐具都來到桌子上時，莊先生看了看七月與皮影，說道：「看來，今天晚上又只有我們幾個一起用餐了。」

「沒辦法，現在妖怪都去慶祝狂歡節了。」皮影說著，跳上了一張椅子。莊先生拉開另一張椅子，示意七月坐下來，他自己則在旁邊坐下，對皮影說道：「你為什麼不去？」

「我對狂歡不感興趣，有多餘的時間，還不如睡覺呢！」皮影說。

「老是抱著這種想法，會錯過人生中許多美好的事物。」莊先生說。

「錯過就錯過吧！」皮影說，「經歷太多，也是個負擔。對了，印與同跑到哪兒去了？」

「我讓她們送點東西去給琉璃小姐，可能現在還在棲霞樓吧？」莊先生說著，把頭轉向了廚房，大聲說道：「四眼爺爺，飯菜準備好了嗎？」

皮影跳了起來，抓起面前的湯匙，對著廚房叫道：「四眼爺爺，快上菜！」七月看到他的貓爪子穩穩的拿著餐具，覺得有趣極了。

「今天晚上有蘑菇湯，孤影和阿芒不在，真是太可惜了。」皮影在椅子上跳起舞來，看起來是高興過頭了。那團火焰剛才接莊先生進屋之後，就躲進了燈籠裡，現在也飄了出來，在餐桌旁邊轉個不停。

「蘑菇是我到樹林裡撿的。」皮影突然跳到莊先生面前，半眯著眼睛，得意的說道。

「是嗎？」莊先生的表情並沒有什麼變化，這讓皮影有些失望，氣呼呼的說道：「您應該對我的辛勞表示肯定與讚揚才對吧？莊先生！」

「那你想要什麼樣的讚揚與肯定？」莊先生笑著問。

「至少您應該對我說：『皮影，你並不像大家所認為的那樣好吃懶做，你還是可以為這個家貢獻一份力量的。』」

「就算你不去樹林裡撿蘑菇，我也認為你對這個家來說，是不可少的啊！」莊先生笑著說，「對了，你撿的蘑菇是什麼樣子？是不是五顏六色的？」莊先生又問。

「啊！當然，紅的、黃的、藍的、紫的，很多、很多呢！有的上面還有可愛的斑點喔！漂亮極了。」

「笨貓，你想把我們大家毒死嗎？跟你說過多少次了，不要撿長得好看的蘑菇，它們都是渾身有毒的妖精，沒有半點用處！」

「就像您一樣。」

「你說什麼？」莊先生停了下來。七月偷偷笑了起來。

「沒有，沒有。」皮影發出了討好的笑聲，「我是說，我一直記著您的話呢！只是開個玩笑，誰會撿那些五顏六色的蘑菇。」

這時，四眼爺爺從廚房裡出來了，他把飯菜一一放在大家面前，然後在七月的對面坐下。這時，他那兩隻眼睛又飛了起來，和那團小火焰一樣，在餐桌旁邊轉個不停。七月看了看自己面前的食物：一碗蘑菇湯、一小碗白飯、一小碟子辣椒醬、一根玉米、一塊魚肉和幾片洋芋。這些全都是七月愛吃的菜，但是，四眼爺爺的兩隻眼睛和那團火焰一直望著她，七月什麼也吃不下去。

「啊——」四眼爺爺突然摀著臉叫了起來。七月嚇得打了個冷顫，正在喝湯的皮影也「噗嗤」一聲，把嘴裡的湯噴在那團小火焰上。那小火焰也叫了起來，衝到皮影面前，很快的，毛被燒焦的氣味就從皮影身上飄來。接著，皮影大叫一聲，把面前的湯潑在小火焰身上。

「不行了，不行了，我要熄滅了，我要死了！」小火焰抱住自己的頭大叫。當然，他沒有熄滅，只是變得比剛剛小了點。他瞪了皮影一眼，又鑽進了燈籠裡。

七月看著眼前的這場鬧劇，想不笑都難呢！莊先生也笑了起來，說道：「四眼爺爺，你怎麼了？」

四眼爺爺指著燈籠說道：「這個傢伙燒到我的眼睛了！」

「是你自己擋了我的路！」小火焰從燈籠裡鑽出來，生氣的說。

「你賠我的毛！」皮影跳到桌子上，對著小火焰叫道。

「不賠！」小火焰扮了個鬼臉，還吐了吐舌頭，得意的說。

皮影很生氣，跳下桌子想去抓小火焰。小火焰故意逗他，飛上飛下，就是不讓皮影抓住。皮影累得上氣不接下氣，小火焰便在空中說些風涼話刺激他。

「笨貓，你太肥了。還是先減減肥吧！」小火焰說。

「好了，你們最好停下來。皮影，回來吃飯。還有你，小火焰，你今天怎麼還沒上樓？」莊先生發話了。

「我當然得監視著她，萬一她是小偷怎麼辦。」小火焰瞪著七月說道。七月也不知道該怎麼回答，只是一臉無辜的望著小火焰。

「上樓去吧！」莊先生的語氣變得嚴肅了，「七月是我的客人。」

那團火焰聽了，白了七月一眼，朝著樓梯口飄去，嘴裡不知道叨念著什麼。

莊先生又對四眼爺爺說道：「把你的眼睛收回去吧！不然我也覺得沒法吃飯了。」

「哦，有道理。」那兩隻眼睛「嗖」的一聲飛了回去。

「對了，」四眼爺爺又說話了，「印和同跑到哪兒去了？菜都快涼了。」

「我讓她們去辦點事，應該馬上就回來了。」莊先生回答。

七月吃了一頓美味的晚餐，看了一場有趣的生活鬧劇，已經將疲勞與不能回家的恐懼都拋在腦後了。飯後，皮影揉著他那圓圓的肚子出門了，他好像喜歡在晚上待在門口的大樹上看月亮。或許他會在月光下叫幾聲，或是在老樹上磨磨爪子。莊先生還坐在桌子前，呆呆的看著桌子上的某個地方。四眼爺爺在整理桌子，而出現在大家談話中的印和同一直沒有回來。

七月覺得屋子裡靜得可怕，但是又不敢主動開口與莊先生說話，打斷他的沉思。所以，七月便幫著四眼爺爺整理起桌子來。等到她從廚房裡出來時，莊先生已經不見了。

「他應該上樓去換衣服了吧？」四眼爺爺說道，「他每天要換好多次衣服才行。」

「莊先生很自戀嗎？」七月問。

「不是自戀，是愛惜自己。」四眼爺爺說著，在餐桌前坐了下來，「莊先生開著一家魔藥店，請了一堆亂七八糟的員工，他們都需要莊先生的關心。莊先生很愛惜他的魔藥店，因此也很愛惜自己。因為他如果出了什麼事，魔藥店就得停業了。」

七月聽了，點了點頭，但是心裡卻覺得，愛惜魔藥店與喜歡換衣服沒有任何關係。

「您說，我能回到家嗎？」七月突然問道。

「我也不知道。但是你應該相信自己能回去。」四眼爺爺說，「現在你要做的，就是好好待在這裡。莊先生不會趕你走的，他對所有人都很友善。而且啊，莊先生一直對另外一個世界感興趣呢！」

「可是皮影說了，我來得不是時候。」

「這隻臭貓，亂說些什麼！」四眼爺爺笑道，「皮影是隻孤僻的貓，喜歡獨自待著，特別不喜歡家裡有客人來。你不要相信他說的話。」

這時，那團火焰罵不停的下樓來，遠遠的對七月說道：「莊先生找你。」說完，他便轉身朝著樓上飄去。七月看了看火焰，又看了看四眼爺爺，四眼爺爺說道：

「跟著小火焰上去吧！」

第四章

# 莊先生

莊先生家的樓梯快把七月繞暈了。她跟著那團火焰，經過了螺旋狀的樓梯，爬了大概有六十步階梯，才來到了一條走廊。這條走廊也是高低不平的呈「S」形。走廊的寬度也不一樣，寬的地方能同時容納下十個七月，窄的地方，連又瘦又小的七月也得側著身體才能擠過去。七月沒想到，上樓竟然會讓她這麼累。她實在累得不行了，那火焰居然還在她前面怪笑，而牆面也跟著起哄，發出讓人頭皮發麻的笑聲。

到了莊先生的書房前，七月正想喘口氣，突然，不知道是什麼東西，從後面扔了一顆皮球砸向她的屁股。等到她轉過身時，所有的牆壁都笑了起來，七月二話不說，把那顆皮球朝著最近的牆壁扔去，沒想到皮球被牆壁反彈了回來，剛好掉進正打著呵欠的火焰口中。

皮球穿過火焰的身體，掉在地上，只見它已經被燒焦了！這時，皮影大叫一聲，從窗戶跳到七月面前，然後懶懶的打了個呵欠，半瞇著眼睛望著七月，似乎想透過眼神，將睡意傳遞給她。

「我只對你說一句話，七月。等會兒進去的時候，一定要讓莊先生留你在他的店裡工作。」皮影說。

「你剛剛還說讓我明天離開。」七月不解的問。

「莊先生見到你很高興，這就夠了。」皮影說著，跳上了窗臺，瞬間消失在夜色中。

見皮影離開了，那團火焰瞪著眼睛，還吐出火紅的舌頭，沒好氣的說道：「可惡的貓！總有一天，我要把你的毛全部燒光！」他又深吸一口氣，大聲說道：「莊先生，那個臭臭的丫頭來了。」

「讓她進來吧！」莊先生的聲音從門內傳來。

火焰聽到後，一溜煙跳到旁邊的燈上。七月看了看那盞油燈，她覺得，此刻的小火焰與普通的火焰沒有任何差別。她用手輕輕將門打開了一條縫，看到裡面的燈光，便把身子擠進屋子裡，然後又輕輕關上門。

莊先生背對著她，站在寬敞的窗戶前。外面的月色很好，月光和燈光讓他的紅頭髮也柔和了。他現在穿著一件白色的襯衫，彷彿與夜色融為一體。聽到七月的腳步聲，莊先生轉過頭，對著七月笑了笑，然後走到書桌前，示意七月在書桌對面坐下。書桌上的銀色茶壺跳到七月面前，一個杯子緊跟在後面，茶壺飛了起來，倒了一杯又熱又濃的奶茶給七月。

「這是四眼爺爺做的奶茶，你嘗嘗看。」莊先生望著七月說。

七月端起奶茶，喝了一小口，立刻感覺奶香味充滿了全身。她又喝了好幾口，說道：「很好喝，謝謝您。」

「那個世界的孩子都像你一樣有禮貌嗎？」莊先生問。

「如果這樣就算有禮貌的話，那我們是挺有禮貌的。」

「真好。」莊先生說。

「什麼真好？」七月問。

「真好啊！被選中到另外一個世界旅行。」莊先生笑著說，「完全拋棄自己以往的生活，到新的世界開始新的生活，即使你的過往全是悔恨，也沒有人會記得。周圍的人都不知道你的過去，你也就會漸漸忘記了。你說，這樣不好嗎？」

「我可不這樣認為。」七月說道，「一個人真難受，真的。當我來到這個世界之後，我特別想要有一個人能夠依靠，我特別希望我的家人也跟著我一起過來。有時候，我喜歡一個人待著，想著亂七八糟的事情，但如果一直是一個人，還是會覺得孤單。」

「說的挺有道理嘛！告訴我，你今年多大了？」莊先生問。

「十歲。」七月回答，「在我們那兒，人們都覺得十歲孩子的一切想法都是不成熟、不值得重視的。您和他們不一樣。」

「我想，可能是我們大人無法理解孩子的想法，才會覺得他們很幼稚吧！」莊先生笑了笑，隨手翻開了一本書——就是今天他回家時手中拿著的那本紫色封面的書。七月裝作不經意的瞄了一眼，書上面寫著《生活的魔法》。

「我不得不說，你比其他十歲的孩子要成熟與堅強，我也不知道這是不是好事。」莊先生說完，又將書合上，看了看七月，說：「你身上那另外一個世界的氣味聞著真舒服。」

「您聞到的是什麼氣味？」七月問。

「說不清，好像是一種很熟悉的氣味，太熟悉了，讓人心裡覺得很安心。另外，你身上還有一股麵包的香味。你在家裡一定每天吃麵包吧？四眼爺爺不喜歡烤麵包，他喜歡做包子和饅頭。總之是很棒的氣味，給人夏天快來了的感覺。」

「四眼爺爺也這樣說。」七月笑了起來，「可是我感覺不到。」

「和你說話，就好像看到了另一個世界。真想去那裡看看啊！」

「去流浪。」七月想到了那句歌詞。

「對，去流浪。你真有趣，我很喜歡你。」莊先生喝了一口奶茶，然後又說：

「你的愛好是什麼？」

「我的愛好挺多的，不過，我最喜歡的是撕樹葉。」

「怎麼撕？」

「我會把樹葉從樹上摘下來，然後把它們撕成一小塊、一小塊的，再把它們丟掉。就因為這樣，我從學校回到家會花很長的時間，還經常被媽媽罵。而且，等我到家之後，我的手指甲都變成綠色的了。」七月用雙手托住下巴說。和莊先生說話，不知不覺讓她放鬆起來。

「你的愛好真奇怪，也挺無聊的。不過，生活中大部分的事情都很無聊。」

「那您的愛好是什麼？」七月好奇的問。

「改變周圍東西的顏色。」莊先生邊說邊握住桌上那個茶壺，笑著看了七月一眼，茶壺竟然慢慢變成了紫色。

「真厲害。」七月不禁叫道。

「你喜歡什麼顏色的牆壁？」莊先生環視著四周問道。

「藍色。」七月不假思索的說。

「藍色，好的。」莊先生用手在空中畫了一個圈，嘴裡默默念了幾句，然後牆壁就變成了藍色。

「您的魔法真厲害！您可以改變頭髮的顏色嗎？」七月看了看莊先生的頭髮，「我不喜歡紅色的頭髮。」

「那你希望我的頭髮變成什麼顏色？」莊先生說完，端起了杯子，他的頭髮則迅速改變著顏色，從紅色到藍色，從藍色到綠色，從綠色到黃色，最後變成了黑色。

「還是黑色比較好。」七月說。

「那就黑色吧！這是對客人的禮貌。」

七月端起杯子喝了一口奶茶，小聲問道：「您可以把我的頭髮變成金黃色嗎？」

「當然可以。」莊先生伸出手指在七月的頭頂畫了個圈，說道：「好了。」

七月抓過一縷頭髮，果然，那頭髮像洋娃娃一樣，是金黃色的了。她環視了一下屋子，莊先生說道：「你在找鏡子嗎？」

「嗯。」七月不好意思的點了點頭。

「可惜我的屋子裡沒有鏡子。」莊先生笑著說。

真奇怪，莊先生不是喜歡換衣服嗎？為什麼會沒有鏡子呢？

七月請莊先生把她的頭髮變了回來，又喝了一口奶茶，小心問道：「我好像暫時回不了家了，您能不能讓我在您的店裡工作？如果不行，我也可以留在您的家裡，幫幫四眼爺爺。」

「想要留下來工作啊——」莊先生撥弄著手中的杯子，微笑著看了看七月，「當然好啦！最近店裡面挺忙的，明天你就去我的店裡工作吧！」

「聽說，您開的是一家魔藥店，店裡面都賣什麼藥？」

「各種好玩的藥，像是：染髮劑啊、噴嚏劑啊、清潔劑、感冒藥、止痛藥、芳香劑等。我自己也不知道有多少商品，反正一有點子就把東西製作出來。都不是很難製作的東西，只是為了給大家的生活增添些樂趣。」

「生活的魔法？」七月指著莊先生面前的書說道。

「對，生活的魔法。」莊先生拿起書。七月這次終於看清楚作者是誰啦！她的名字叫宋琉璃。

「我這樣就成了您店裡的員工了嗎？」七月問，「不需要其他的考試嗎？我只有十歲，在我們那個世界，還是個什麼也不會、需要大人照顧的小學生，我能幫忙做的並不多。」

「我的店裡需要做的也不多。」莊先生說，「你很快就會了。如果你實在笨得什麼也不會（不會有這種情況的），我也可以讓你站在門口，像棲霞樓的那隻熊一樣，客人來時，對客人笑一笑。如果你高興，還可以對他們說一句『歡迎光臨』。其實你什麼都不做也可以，只要你待在我家，我就很高興了。」

「如果是那樣，我會覺得不好意思。而且，我長到十歲都還沒有工作過呢！這是我的第一份工作，我一定會想辦法做好的！謝謝您，莊先生！對了，我現在應該叫您老闆，對不對？」

「這就不用了，大家都喜歡叫我莊先生，或許我看起來是個值得尊敬的人。」莊先生笑著說。接著，他看了看牆上的鐘，說道：「已經很晚了，七月，你先下樓吧！四眼爺爺應該為你準備好洗澡水了，皮影也會為你安排住的房間。你先去洗個澡，然後好好的睡上一覺，迎接新世界的明天。剛剛那些牆壁一定對你很無禮吧？你可不要生他們的氣，等會兒下去時，只要向他們鞠個躬，然後好好向他們問好，他們就會有規矩了。在這個世界，禮貌是最好的通行證了。」莊先生說完，彈了一個響指，書房的門被打開了，那團火焰又飛了過來，莊先生對他說：「送七月下樓。」

「好的，莊先生，您說的一切都是好的。」那團火焰懶懶的回應。他依舊離七月好幾公尺遠，還嫌惡的對七月說道：「快點，我送你出去吧！」

七月向莊先生道了聲晚安，便跟著火焰出去了。等到七月走到門口時，她悄悄轉過身，看到莊先生呆呆的盯著那本書，他的頭髮正在飛快的變換色彩。

# 第五章 印與同

七月跨出房門時，那些牆壁又呵呵笑了起來。七月想到莊先生說的話，便說道：「你們好，我叫七月，現在我也是這個家的一員了。」說到這兒，七月趕緊對牆壁深深的鞠了鞠躬，嘴裡又說道：「很高興認識你們。我住在莊先生家裡的這段時間，希望大家多多關照！」那些牆壁聽到七月的話，什麼聲音也沒有了。七月覺得心情好極了，不停的對那些牆壁說「謝謝」。

不過有一個傢伙就不那麼高興了，此刻他正歪著臉，臉上寫滿了不服氣，他就是小火焰了。七月也趕緊對小火焰鞠了個躬，真誠的說道：「火焰先生，我住在莊先生家裡的這段時間，也希望你多多關照，希望你會喜歡我。這兒的黑夜來得很突然，我就只能指望你了。」

「就知道拍馬屁！」火焰斜著眼睛說，「不過還算受用。」

七月很順利就下了樓，那團火焰甚至將她送到了廚房門口。當他轉身朝樓上飛去時，七月覺得他飛得比以前要高，嘴裡還哼起了曲子。如果他不注意看路，天花板上說不定會留下火焰經過的黑色痕跡吧！四眼爺爺正在廚房抽菸，一看到七月，他就把眼鏡掏出來戴上，笑瞇瞇的說道：「七月，水已經準備好了，你快去洗澡吧！」他用手指了指，一陣煙便朝著廚房旁邊的走廊飄去。

「跟著它走吧！很快就到浴室了。」四眼爺爺說，「我找到印與同以前穿過的衣服，也不知道合不合適。快去吧！孩子，爺爺很高興今天能認識你。」

「我也很高興認識您，四眼爺爺。您真好，很善良，很特別。」七月笑著對四眼爺爺說，「真高興我跟著那九隻小貓到了這兒，遇到的都是好人。」說完，她就跟著煙往浴室走去。

泡在水氣瀰漫的浴缸裡，七月覺得全身都輕鬆了。她決定好好想想今天發生的事，可是思路老是被瞌睡蟲打斷。「這不會真的只是個夢吧？能作這樣的夢也好。」七月心想。

泡沫在七月眼前和水氣一起飄著，洗澡水散發著誘人的香味，七月在半睡半醒間，彷彿看到那些泡沫變成了一個個小精靈，在她面前跳起舞來。

「啊！四眼爺爺，渴死啦！」一個又細又高的聲音響起。

「四眼爺爺，飯在哪裡？快點，餓死啦！」一個同樣又細又高的聲音接著說。

七月抖了一下，頭上的毛巾掉進了水裡，瞌睡蟲、精靈和夢統統被嚇走了。

「不要著急，先坐著，爺爺馬上給你們拿吃的來。真是的，你們也太晚了！不過，我今天在老金店裡買了一個新的儲存食物的箱子，保證蘑菇湯還和剛煮好時一樣新鮮。你們等著！」四眼爺爺的聲音充滿了歡樂。

「新的食物儲存箱？一定是金老爹那個怪物硬塞給您的吧？我看您不要對那箱子抱有太大的希望，說不定現在蘑菇湯早就蒸發了。上次買的那個箱子裡存的蘋果都只剩下核了！」

「爺爺，金老爹是個奸商，您以後不要到他那兒買東西了！城北新開了一家店，那兒的東西雖說沒金老爹家的齊全，但那老闆的態度特別好喔！」

「她們就是印與同嗎？」七月心想。

七月從浴室出來，來到廚房，看見四眼爺爺旁邊坐著兩個長得一模一樣的女孩，她們大概十五、六歲，穿著相同的衣服，留著厚厚的瀏海，頭髮梳在後面高高盤起，很是俏皮。她們唯一的區別應該就是耳環了——一個女孩戴著綠色的耳環，另外一個戴著紅色的耳環。此刻，她們正端著蘑菇湯喝著。四眼爺爺還在抽菸，七月發現他吐出來的煙都朝他的頭頂飄去。原來上面有一面鏡子，那面鏡子將所有煙都吸了進去。

「四眼爺爺，您的手藝越來越好了。」戴著紅色耳環的女孩說道。

「今天的食物儲藏箱也不錯喔！金老爹總算沒有騙人。」戴著綠色耳環的女孩說道。

七月慢慢來到她們面前，看看這個，又看看那個，最後又盯著陶醉在兩個女孩讚賞聲中的四眼爺爺。

「你們好。」七月輕輕說道。

「啊！有客人！」戴綠色耳環的女孩說道。

「還是個可愛的女孩。」另一個女孩說。

「啊！我從來沒在千山鎮看到過這樣一個女孩。」

「一定不是千山鎮的，千山鎮的可愛女孩哪一個沒被金朱帶到店裡面來過。」戴紅色耳環的女孩笑著說。

「七月啊！你洗好了，真快。你可以再泡一會兒，把疲勞都解放進水裡。對了，現在就由我來介紹一下吧！這對雙胞胎就是印與同了。戴紅色耳環的是印，戴綠色耳環的是同。你可一定要分清她們啊！不然兩個人會像麻雀一樣在你的耳邊吵個不停！印、同，這位是七月，是從另外一個世界來的，是莊先生的客人。」

「另外一個世界來的！」印叫道。

「就是您經常對我們說的，和我們世界平行的另外一個世界！我還以為您是騙人的呢！」同接著說。

「以前從來沒有遇到過！」兩個女孩齊聲說。

「長得和我們一樣！」印盯著七月說。同伸出一隻手輕輕捏了捏七月的臉蛋，叫道：「摸起來也一樣耶！」

「原來另外一個世界的人和我們沒什麼區別嘛！四眼爺爺，以前我聽您講什麼小木屋時，一直以為那些人都和您一樣，是長著四隻眼睛的怪物呢！」印吸了吸鼻子，「身上很香，也沒有奇怪的味道。」

「是四眼爺爺準備的洗澡水的功勞。」七月趕緊說。

「四眼爺爺就是有一套。」印對七月說。

「那你也像故事中說的那樣，被那神出鬼沒的木屋拋下了，必須等它來接你才能回家，對吧？」同說著，見七月點點頭，又笑著說道：「那你應該會待在莊先生家裡吧？等會兒我去請莊先生留下你，和我們一起在店裡工作，我已經厭煩了整天和一群貓和一個八隻手的怪物待在一起。」

「我已經拜託過莊先生了，他同意讓我留下來，我現在也是店裡的一名正式員工了。」七月高興的說。

這時，皮影提著一盞燈來到了廚房，幽幽的對七月說道：「快點，我帶你去看你的房間。」

「哪個房間？皮影。」同問道。

「那個房間。」皮影不耐煩的回答。

「我問你是哪個房間！」同站了起來，對著皮影吼道。

「不告訴你。」皮影說完，對同吐了吐舌頭。七月差點沒笑出來，這時，同突然衝到皮影面前，一把拎起他，叫道：「臭貓，別以為莊先生信任你，你就了不起了！我和印只把你當作一隻普通的貓，你只是隻寵物，聽到沒？快告訴我，七月的房間在哪裡，不然我扒了你的皮！」

「二樓走廊的盡頭。」皮影小聲的說。

「啊哈！早就猜到你會這樣安排了，你總是把客人安排在最差的房間。你想搞得這個家沒有一個客人敢來，整天死氣沉沉的，然後你就可以待在家裡唉聲歎氣！你那點貓腸子可是瞞不了我的！」同像打了勝仗一樣高興，把皮影放下。

「我們這兒是一個家，又不是旅館，那麼多人進進出出的，煩不煩啊！」皮影不耐煩的說。

「你就是想一個人霸占整個家。」印說。

最後，印與同強硬的讓七月住在二樓「陽光最舒服」的房間。她們很喜歡七月，上樓時和七月說個沒完沒了，那些牆壁看到印與同，都嚇得發抖。看起來，雙胞胎可不是省油的燈。她們又說到了四眼爺爺那滑稽的眼睛，印告訴七月，即使是在這個世界，四個眼睛的人也是很難找到的，四眼爺爺總是感到很孤獨。

「不過四眼爺爺經常說，在這個世界上有他關心的人，也就覺得生活很有趣了。」同說。

印與同帶著七月到了她的房間，又幫她點好了燈，然後說道：「我們現在要去找莊先生報告今天的工作，你好好休息吧！」

「聽說，莊先生讓你們送東西去給一個叫琉璃的人。那個琉璃，就是寫《生活的魔法》的那個宋琉璃嗎？」七月好奇的問。

「不錯嘛！已經知道琉璃了呀！沒錯，就是她啦！」印說。

「莊先生很喜歡她嗎？」七月又問。

「應該很喜歡，他們是青梅竹馬的好朋友。可是，我覺得那個宋琉璃配不上莊先生，她嘴唇太薄，眼睛太大，皮膚比莊先生的還要蒼白，看起來就活不長久。今天莊先生要我們把這面鏡子送給她，她也不要。真是的，她以為她是誰啊？要不是莊先生喜歡她，我和同早就罵她了。」印說著，晃了晃手中的鏡子，就是剛剛掛在廚房裡的那一面。

「好了，你快點休息吧！小鬼。我們去找莊先生了。」同眨了眨眼，和印離開了房間。

莊先生家的床又軟又舒服，七月把自己摔在床上，很快就進入了夢鄉。她夢到自己來到了莊先生的店裡，那家店就像古時候的當鋪，前來的妖怪要伸長了脖子才能看到七月的臉。七月接過那些妖怪的錢，然後對著印與同說道：「這位客人要一瓶安眠藥。」她忙了半天，突然，一團黑影朝店裡撲過來，他戴著黑色的帽子，穿著黑色的大衣，臉也是黑色的。他對七月說：「我要一瓶美白藥。」七月看不見他的五官，被嚇得呆在那裡，頭髮都豎了起來。見七月沒有反應，那個黑影又說道：「我要美白藥。」七月這才回過神來，機械式的轉過頭，大聲的叫道：「這位客人要一瓶美白的藥。」

「美白？真奇怪，我都不知道他的臉在哪裡。」七月咕噥著。

第六章

# 難忘

七月睡了一個好覺，等到她起床時，天已經大亮。床頭的鐘顯示現在是七點零五分。如果是往常，七月還賴在被窩裡，等到七點半時，才懶洋洋的起床，然後急忙的刷牙、洗臉，隨便吃幾口早餐，就朝學校跑去。她每次都隨著鈴聲進教室，班上有一個女同學還以為學校有專人盯著他們的教室，看到七月來了，才讓鈴聲響起。

七月穿好衣服，伸了個懶腰，來到窗戶前，呼吸早晨的新鮮空氣。陽光真的很好，春天透過陽光，把所有的溫暖和溫柔都毫不吝嗇的送給了大地。

從窗戶望出去，風景也很美。窗外是一小塊草坪，草坪外是幾株洋槐樹，洋槐樹外是昨天的草原，那些野花開得正美麗。草原外是連綿的群山，七月的手指描畫著山巒起伏的曲線，卻畫不出此刻她心中的萬種思緒。群山外是初升的太陽，太陽外是想像力任意馳騁的廣闊世界。

「管他是夢還是真實，反正今天我在這裡。」七月說道。

「七月，快起床了，我們要去上班啦！」門外傳來了同的聲音，同時響起的還有砸門聲。七月趕緊打開房間的門，同正扠著手站在門外，笑著望著她。在同的面前還有一隻綠色的拳擊手套，七月差點撞上了它。

「怎麼樣，不錯吧？我的拳擊手套專門用來敲門的。我花了一個月的工資，才從金老爹那個鐵公雞手裡買下。」同自豪的說。

「很好，真有意思。」說完，七月連忙跑到同的身後躲了起來。這種有暴力傾向的拳擊手套，七月覺得自己最好離它遠一點。

七月的心情似乎特別好，下樓時，還向那些牆壁問好。到了樓下，七月只看到印、四眼爺爺和正在吃早餐的皮影。

「莊先生呢？」七月問道。

「他已經去店裡了。除了皮影與四眼爺爺，我們都要去店裡。」印說。

「四眼爺爺與皮影看家嗎？」七月問道。

「四眼爺爺負責看家。皮影可不是為了看家才留下來的。」同說著笑了起來，「皮影有自己的工作，那就是偷懶與睡覺！」

「睡覺也是一種藝術，說了你們也不懂。」皮影沒好氣的回答。

「確實不懂。我只發現你每天從事這種藝術活動，讓自己的身體越來越圓了。現在你才不像什麼皮影戲中的角色呢！完全是皮球了。以後就叫你皮球先生吧！」印說。

「皮球不會就是你發明的吧？皮影。你照著自己的體形發明了皮球，所以皮球也跟著你姓皮了！」同說完，和印都哈哈大笑起來。七月也笑了，她還想到，幸好她不是印和同的敵人，不然會被她們氣死。

「好了，好了。每天早晨例行的『逗皮影玩』遊戲現在結束。印、同，你們如果覺得精力太旺盛了，就趕快去店裡工作吧！」四眼爺爺說著，把一個紅色飯盒遞給了七月。

「你起來得太晚了，七月。只好去店裡吃早餐啦！」四眼爺爺說。

「真是對不起。不過，你們可以早些叫我起床的。」七月說。

「我們可不想打擾你的好夢。」同對著七月眨了眨眼。

「在我們的家總會有一大堆好夢的。」印搶著說。

「那倒是。」七月揉了揉自己的頭髮。一覺醒來，她已經忘記昨晚的夢了，經印這麼一說，那個夢，連同那個黑色的怪物，又向七月的腦袋中湧來。印和同已經轉身朝屋外走去，七月趕緊甩甩頭，跟在兩姊妹身後。

「我可以在路上吃四眼爺爺準備的早餐嗎？」七月問。

「如果你能像皮影一樣，把面前的食物一口吞下。」同笑著說。

印和同並沒有踏出院子的門，她們帶著七月來到了水塘邊。水塘裡飄著一片荷葉，荷葉中間有一滴晶瑩的水珠。印一腳踏上了荷葉，七月差點叫了出來，還以為印中了什麼魔法，才做出這種傻事。不過印並沒有掉下來，而是穩穩踩在荷葉上。七月見同也跟著踏上去，擔心的想著，那張荷葉已經容不下第二個人了啊！她趕緊閉上了眼睛，過了一會兒沒聽到動靜，再睜眼一看，發現同也站穩了！因為，那張荷葉奇蹟般的變大了！

「該你了，七月。」印笑著說。

「不會沉嗎？」七月擔心的說。

「放心，即使把整棟房子放在上面，這片荷葉也不會沉的。」同對著七月眨了眨眼，看到七月還是一臉懷疑，她接著說道：「你不相信我們，難道還不相信莊先生的魔法嗎？」

七月緊緊抱著飯盒，小心翼翼的伸出左腳去碰觸荷葉邊。接著，她的左腳踩了上去，荷葉容納下它了，接著她又踏上了右腳。水裡面真晃，七月差點摔倒，幸虧同拉住了她。七月看了看水裡，魚兒依舊自由自在的游來游去；老樹在身後投下蒼老的影子。七月總算鬆了一口氣。

「好了，這裡是莊先生的特快專線，目的地——難忘！」印大聲說。

「難忘是什麼東西？」七月問。她還沒得到回答，就感覺自己被什麼東西吸進了水裡。七月的眼前一團漆黑，她感覺自己正在繞圈圈，頭也變得昏昏沉沉的。就在這時，她的面前出現了一點亮光，她以為快到目的地了，也就不覺得難受了。不過，出現在她面前的是皮影那張似笑非笑的臉，他的嘴裡還唱道：「吃魚，吃麵，吃紅燒肉，都是我自己的決定。」

「這是什麼奇怪的歌啊！」七月心想。這時，皮影的臉消失了，真的亮光出現了——這次亮光沒有變成什麼阿芒的臉，或是孤影的臉。接著，七月感覺自己踩在真實的地面上。但是地面好像是個轉盤，她不停的旋轉著。

「第一次乘坐的正常反應。」同說道。她和印伸出手，拉住了七月。

過了好一會兒，七月才恢復過來，她覺得自己就像是坐了雲霄飛車。說真的，她還寧願坐雲霄飛車呢！七月這才發現，她們似乎是來到了一個洞穴裡。印和同跨出了洞口，七月也跟著出去。她回過頭看了看，原來她們是從牆壁上一隻獅子的嘴巴裡出來的。

洞外是一條走廊，走廊的地板花花綠綠的，不時還有幾條魚游過。天花板是天藍色的，牆壁上畫著各種各樣的動物，除了那隻獅子，所有動物的嘴巴都閉著。有一隻長得很像阿芒的貓，還對著大家眨了眨眼睛。

「快讓讓，有客人來了。」同說道。

果然，大門那邊出現一個很大的影子，一步步向走廊靠近。那個客人前行得很緩慢，身體幾乎擠滿了整條走廊。那些牆壁則像是橡皮做的一樣，被擠得向兩邊突出去，連天花板都變形了。

那位客人是一隻肚子很大、四肢很短、頭很小的熊，他的左手拿著一把淺藍色的油紙傘，傘上畫著一枝梅花。當他快走到七月她們面前時，印和同熱情的說道：「歡迎光臨！」並朝客人鞠了一個躬，還不忘記把目瞪口呆的七月的頭按下去。

熊的眼珠慢慢轉向左邊，看到了大家。他的嘴角緩緩上揚，送給大家一個慵懶又真誠的微笑。熊走到了三個人面前，七月覺得自己快被擠成一張肉餅了。這時，她聽到身後傳來了一聲獅吼，聲音不大，但還是嚇了她一跳。然後，牆上的那隻獅子又把三個人吞進了嘴裡。等到熊走過之後，大家才又像剛才一樣，從獅子的嘴裡跨出來。

「還有五分鐘才營業，客人已經來了，看來今天會很忙啊！」印看了看自己的手錶。

「我已經迫不及待的想工作了，不知道今天會不會遇到大方的客人，多給些小費，這樣我就能去金老爹的店裡再買一隻拳擊手套了。」同笑著說。她的拳擊手套似乎聽懂了主人的話，在同的面前跳上、跳下。

七月跟著印與同沿著走廊往裡走，出現在她面前的是有著藍色地板的大廳，大廳裡放滿了小桌子和椅子。現在還早，只有剛剛進門的那一個體形龐大的客人。阿芒和那幾隻黃貓正懶洋洋的趴在地板上。孤影在接待剛剛進門的那隻大熊，請他先排隊，等候營業。當七月經過孤影旁邊時，她聽到孤影說道：「您說您想要買染髮劑，把頭上的毛染成綠色？」

七月特別想笑，可是想到自己現在也是莊先生店裡的一員。作為一名員工，對客人要有禮貌，她趕緊忍住了笑。

「大家早啊！」印和同對著那些貓說道。

「早啊！懶蟲們。」阿芒打著呵欠說。

「莊先生在嗎？」同問道。

「在裡面。」阿芒瞇著眼睛說，他的尾巴指向了旁邊的門，那扇門上還有兩個藍色的字：難忘。

「難忘？」七月喃喃的說。

「這是我們的店名，怎麼樣，很有韻味吧？」印得意的說著，並輕輕推開了門。

門內又是一條走廊，光線很暗，好幾團火苗在那兒飄來飄去，看到了印和同，齊聲說道：「早上好！」

「早上好！」印與同也齊聲回答。

「大家早上好，我是七月。希望大家多多關照！」七月趕緊說道，還向那些小火苗鞠了一個躬，她可不想得罪這些隨時會把她烤焦的火爆小東西。

「是新來的員工嗎？歡迎你！」那些火苗又說道。

七月跟著印與同穿過了走廊，她覺得這些火苗比家裡的那團火焰和氣多了，還把這個想法告訴了兩姊妹。同聽了笑著說道：「脾氣壞的傢伙當然就留在家裡為自己服務了，客人是最重要的嘛！」

終於來到了裡面的房間，那是一個大藥房，左邊的架子上擺滿了瓶瓶罐罐，右邊牆壁上全是盒子，就像中藥店那樣，盒子上面還寫著裡面藥物的名字。房間中央的椅子上坐著一個長得像章魚的怪物，他的頭髮是白色的，又長又捲，隨意披散著。此刻他正呼呼大睡，八隻手全都放在胸前。

「老七，快醒醒，客人來了。」印大聲說道。

「客人先生、客人小姐，您好！」老七喃喃的說，伸出一隻手抓了抓臉，又打起呼嚕來。

「莊先生叫你呢！」印接著說，還伸手抓起老七的白頭髮，撥弄他的臉。

「好的，我馬上就去。」老七動也不動的說道，然後，伸出一隻手撥開了印的手。

「老七，快醒醒，不然等會兒給你點噴嚏劑嘗嘗！」同笑著說。

「噴嚏劑！」老七猛的從椅子上跳了起來，看了看印與同，長舒了一口氣，說道：「你們這兩個臭丫頭，又拿我尋開心。」

「才不是尋開心，你看看鐘，準備開始營業了。而且，我和印昨天才幫著莊先生調製了一大瓶噴嚏劑，正想找個人試試效果呢！」

「反正那個人不是我，我一直是本店最有責任心的員工，準時上班，下班之後還要花時間將店整理乾淨，忠於老闆，忠於客人，真誠對待同事的模範員工。對，我是模範員工。」老七著急的說道，他的幾隻手有的撓頭，有的抓臉，有的抱在胸前，還有的插在褲袋裡。

「你還模範員工呢！昨天你才預支了這個月的工資，上個月你還在我和同這兒借了一大筆錢。我們的利息可是很高的，你快還了吧！不然你以後可能會傾家蕩產喔！」印揶揄道，並向著老七伸出了左手。

「會還的，會還的，往事就不要念念不忘了，你們還年輕，要向前看。」老七覺得更不自在了，左看看，右看看，看到了七月，說道：「這位就是新來的員工嗎？聽說你是來幫忙的，叫七月，是吧？」

「是的。很高興認識你，老七。」七月對他鞠了一個躬，又補充道：「老七是你的名字吧？」

「綽號，綽號，我的名字不重要。」老七笑著說，又看了看印和同，印和同都嘟著嘴盯著他，老七又說道：「你們看看，人家多麼有禮貌啊！懂得尊重長輩，你們可得好好學學。」

「你才不是什麼長輩呢！我聽說你們這種八爪怪物可以活上三百年，你現在也就幾十歲，還是個乳臭未乾的小屁孩呢！你見到我和同還得叫姊姊吧？」印得意的說。

「對啊！老七，千萬不要在我們面前裝老。如果你要展現你是長輩，我倒是有個好主意。昨天你不是預支了工資嗎？今天請我和同去棲霞樓吃飯吧！這也是出於對晚輩的愛護嘛！聽說那兒出了一套新菜色，特別好吃，吃完三天，那香味還會在鼻子前飄來飄去呢！」同說。

「真的那麼好吃嗎？比四眼爺爺做的還要好吃？」七月問。

「四眼爺爺做的當然好吃，不過他是個囉嗦的老人，總認為香料加太多對身體不好。棲霞樓的就不一樣了，裡面的香料加得特別足夠喔！想起來就流口水。」同做出了一臉渴望的表情。

「你們是想把我榨乾嗎？沒錢請客！」老七著急的說。

「小器鬼！」印說。

「以後再也不會借錢給你了！」同也裝作生氣的說，她的那隻拳擊手套還不停的在老七面前晃來晃去。

「客人快要來了，我要檢查一個藥品，你們快讓開，快讓開！」老七伸出自己的手，把三個女孩推開，還不忘甩了甩他那一頭亂糟糟的長髮，以便能讓七月看到他那迷人的笑容。

印和同對著老七扮了一個鬼臉，然後拉著七月朝架子那邊走去。

「那個老七可真好玩。」七月說。

「他呀，脾氣特別好，怎樣和他開玩笑他都不會生氣。我們在家裡逗皮影，在店裡逗老七，所以在哪兒都不會覺得無聊。」印說道。

「不過老七有兩個明顯的弱點，一是害怕噴嚏劑，二是愛喝酒。他的工資幾乎全部都『奉獻』給了鎮中心酒館的胖老闆娘了。對了，印，我聽說啊，那個胖老闆娘以為老七是喜歡上她了呢！」同說。

架子那邊有兩扇門，一扇門上寫著一個「藥」字，另一扇門上寫著一個「莊」字。同敲了敲寫著「莊」字的門，然後將門打開。這裡是莊先生的辦公室。莊先生穿了一件藍色的外套，手裡拿著昨天的那本書，正在窗戶前踱來踱去。

「莊先生，七月來了。她的工作是什麼？」印問道。

「早上好，七月。」莊先生看到了七月，對她溫柔的笑了笑，說道：「你就到前面櫃臺接待客人吧！印、同，你們教教她，好嗎？」

「好的。」印說道。她看了看莊先生，又補充道：「先生，您看起來臉色不好，要不要嘗嘗我和同新發明的開心泡泡糖？」

「謝謝，不用了，你們快出去工作吧！」莊先生說。

七月跟著印與同來到大廳，發現店裡又來了兩位個子高高，身體半透明的客人。他們都戴著帽子，穿著蓋住了腳的大衣。如果他們的身體再透明一些，那白光一定很高興和他們交朋友。七月想到了白光，覺得昨天自己對他太失禮了。「也不知道他到棲霞樓沒，棲霞樓的老闆應該留下他了吧？」

同到藥屋幫老七的忙了。印帶著七月來到櫃臺前，對最早到達的那一隻熊說道：「歡迎光臨，請您稍等一下。」她伸手打開櫃子，對七月說：「櫃臺的工作主要是招呼客人，這很簡單，你看著我做，很快就學會了。」

當櫃子一被印打開，有幾個圓圓的東西「嗖」的一聲從裡面飛出來。那是幾個長著翅膀的紅色小球，經過一晚上的束縛得到了自由，好像很高興，在大廳裡轉了好幾圈。每一個小球飛過阿芒身邊時，都故意撞上他的臉，可憐的阿芒，臉都被撞腫了，所以從椅子上跳起來，叫道：「我要向莊先生投訴，投訴！一定要讓他開除你們，你們這群惡魔！」

「你們快回來，今天的工作還多著呢！一定會飛到你們不想飛！」印雙手扠腰說道，那些圓圓的紅色小球馬上乖乖的飛到印和七月面前。

「聽著，這位是七月，今天就由她負責櫃臺，你們要好好聽她的話，聽到沒？」

九個紅色小球搧動著翅膀，沒有什麼反應。

「你們好，我是七月，今天第一天到這兒來上班，請大家多多關照。」七月甜甜的說了一句，還不忘向那些會飛的小球鞠一個躬。

那些小球聽了七月的話，都飛到她的面前。七月高興的笑了起來，印也很滿意，說道：「很好，就這樣。好了，七月，我現在示範給你看。首先，我們得問問客人需要什麼。對了，如果客人說的話你聽不懂，那就得找我們長舌頭的蟲子小青椒啦！這可是金老爺子的傑作。」印說著，又從櫃子裡拿出一個盒子，當她打開盒蓋時，一隻眼睛大大的青色蟲子從裡面彈了出來，對著印說道：「印，早上好，早上好！」說完之後，又機械式的把頭轉向七月，看起來很茫然。

「這是七月，今天她負責接待客人。」

「七月，早上好，早上好！」小青椒說道。

「好了，現在，讓我們問問今天的第一位客人吧！」印笑著說完後，對著那隻熊說道：「對不起，讓您久等了，您需要些什麼？」

「他說，他想要染髮劑。」七月搶先說道。印瞪了她一眼，七月趕緊閉嘴，她的臉都紅了。

「是——的——我——要——染——髮——劑。」那隻熊拉長了聲音回答。

「好的，請在旁邊坐一會兒，馬上就好。」印拿出了一支鉛筆和一小張紙，在紙上寫著「染髮劑」，一個小球張開了大嘴，把紙片吞了下去，然後從一個小孔朝後面的藥屋飛去。那隻熊看到之後很滿意，撐開了他那把巴掌大的油紙傘，到一旁坐下來等待，他坐的那張椅子發出「嘎吱嘎吱」的慘叫。

「好了，就是這樣，七月，你懂了吧？」見到七月點了點頭，印接著說：「那我先去後面幫忙啦！不然老七和同會忙得團團轉。對了，七月，剛剛你隨便插嘴是不對的，客人會覺得你很莽撞，以後不許這樣，知道了嗎？」

「我知道了，印，我會努力的。」七月說完便轉過頭，剛好看到半透明的客人那大而無神的眼睛。她不禁朝後退了半步，不過又馬上上前，笑著說：「您好，請問您需要什麼？」

第七章

# 黑面怪

這天真的很忙，從早上七點半到十點，七月幾乎一分鐘也沒休息過。她的那份早餐一直等著她，等到都涼透了。來這兒的客人幾乎都是妖怪，而且大部分都是棲霞樓的員工。他們的隨身物品上，經常能發現一枝梅花。聽印說，那是棲霞樓的標誌。

剛剛開始工作時，七月簡直是手忙腳亂，她分不清那些小球，所以有幾個小球因為偷懶一直在旁邊休息，而有一個可憐的小球，不知跑了多少趟。還是印從後面衝出來，把那些偷懶的小球訓斥了一頓，所有小球才乖乖做事。

另外，七月寫的字歪歪扭扭的，以及有時候一位客人想要兩件商品，七月忘了在兩件商品之間空出一些位置，所以把它們的名稱寫在一起了。偏偏老七又很死腦筋，怎麼找也找不到紙上的藥。最可笑的是，有一位客人想要安馨劑，七月以為是「安心」，雖然同看懂了，她還是跑出來，對著七月比手畫腳好一會兒。

因為來的客人好多都是棲霞樓的員工，身上總是會帶著各種各樣的氣味。有的是魚腥味，有的是苦瓜味，有的是鳳梨味，有的是辣椒味。七月就在各種味道的替換下忙得團團轉，她的鼻子也一刻都不得閒。終於，現在店裡沒有新來的客人，只剩還在等著拿魔藥的，七月這才鬆了一口氣。

可是，就在她左手剛剛摸到櫃臺下那冰涼的飯盒時，馬上就出現了一位身上有淡淡香味的客人。他應該算是長得最奇怪的妖怪了——皮膚是淡紫色的，臉圓圓的，戴著一副墨鏡，還長著尖尖的鼻子，就像胡蘿蔔，耳朵也是尖尖的，上面還掛著小小的耳環。他的個子不高，不超過一百六十公分，手指甲留得長長的。

當他出現在七月面前時，七月竟然笑了出來。她連忙蹲下來，在心裡罵了自己好幾遍，然後又一臉平靜的站起來，微笑著說道：「客人您好，請問您需要什麼？」其實，她的心裡已經有一個聲音不停的告訴自己：「他需要整容藥，他需要整容藥。」

「聲音好聽，笑容也很甜。」那個妖怪嘴角上揚，露出兩顆尖尖的小虎牙。

「您說什麼？」七月問道。她開始感到很不自在了。

「我需要，讓我想想是什麼來著，看到你我就忘了。讓我想想，呵呵呵，真可愛。對了，我需要——」

「金朱——」同那拖得長長的聲音從七月身後傳來，那個妖怪突然一臉沮喪，就像被搶走了玻璃球的孩子。

「哈！金朱，你這小子怎麼又跑過來了？我可愛的手套，快去問候一聲你舊日的主人吧！」同來到七月旁邊，那隻拳擊手套果然「友好」的狠狠朝那個小妖怪的頭敲了幾下。在它的重擊下，有很多小東西從那個小妖怪的身上掉了下來鼻子上掉下來一根胡蘿蔔，臉上紫色的東西四處飄散。漸漸的，那個小妖怪的鼻子變短了，臉慢慢變白，指甲也縮短了，最後，出現在七月面前是一個和自己年齡相仿的男孩子，他的衣服上也有一枝梅花，看來也是棲霞樓的員工了。

「還想偷偷跑來，明知道我的拳擊手套在十公尺外就能聞到你身上的氣味，然後想撲過來打你一頓！」同得意的說。

「真沒意思，我已經用我爺爺的高級香水遮住身上的氣味了呀！」那個男孩還在揉著自己的頭。

「它根本沒有鼻子，誰知道它是用什麼聞出你那天生可恨的氣味呢？哈哈哈！」同雙手抱在胸前大笑起來，她的拳擊手套看起來也很高興，又在金朱面前晃來晃去。那個叫金朱的男孩對著同吐了吐舌頭，又看了看七月，笑著問道：「你就是大家說的那個名叫七月的女孩嗎？」

「是的，我是七月，很高興認識您。」七月時刻都記著，自己面前的是位客人。

「啊！溫柔的聲音。他們都說你很溫柔，比某些人要好多了。」

「喂！你說誰呢？」同使勁拍了拍桌子，坐著等候的客人都被嚇了一跳。

「真是對不起！」同趕緊對客人們說道，然後又把頭轉向金朱，問道：「怎麼，你今天又想來求莊先生收你當徒弟啊？告訴你吧！沒用的，莊先生已經有我和印兩個優秀的徒弟了，就算你向他下跪也沒用！」

「才不是呢！我今天是專門來找七月的。」金朱笑瞇瞇的看著七月。

「你給我滾開！」同使勁敲了敲金朱的頭，說道：「不准打我們七月的主意！千山鎮的小女孩都快為你瘋狂了，你還是去哄哄她們吧！聽說，你們老闆娘的小女兒，今年是六歲還是七歲？整天吵著『我要朱朱抱抱』，你還不快去陪陪她。把她哄好了，你這一輩子都不愁吃喝了，說不定還能繼承棲霞樓呢！我還聽說，最近有一個老巫婆也迷上你了，嚷著要收你當徒弟呢！你跟著她裝神弄鬼，說不定還能名揚千山鎮呢！」

「切！阿裡只是個小丫頭片子，整天纏著我，真是煩死了。至於老巫婆嘛！我才不管她說的那些鬼話呢！我現在覺得七月是最可愛的，也會一直這樣認為。七月，你是從哪兒來的？這麼漂亮，一定是從日出島來的吧？聽說，那兒的女孩都是太陽的女兒，個個都很漂亮。」金朱笑著說。

「既然是太陽的女兒，皮膚一定都像煤炭一樣黑吧！」同說。

「我不是從那兒來的。我也不知道什麼日出島。」七月不耐煩的說。

「那就是從流雲島來的囉！」金朱得意的說，「流雲島上的姚望可是個大美女呢！我聽說，她和莊先生是朋友，什麼時候讓莊先生介紹我認識她呀？」

「我也不知道你說的流雲島在什麼地方，我是從另外一個世界來的。」七月簡短的回答，她覺得金朱很煩，真想早點擺脫他。

「另外一個世界！」金朱的表情既驚訝又高興，他吸了吸鼻子，叫道：「這麼說，你是從故事中走出來的囉？我就說，千山鎮沒有這樣可愛的女孩嘛！」

「謝謝你的誇獎，不過你還是快點離開吧！我還要工作。工作完了，我還要回到故事裡去。」七月說。

「不要著急，給你看一樣東西。」金朱依然笑瞇瞇的。他伸手往自己褲子的兩個口袋裡掏，嘴裡說道：「另外一個世界來的人，我也知道一些情況，天啊！我一直以為那只是傳說呢！我老爸說，另一個世界的女孩長得都和孫十三娘一樣。對了，孫十三娘是我們千山鎮最醜的女人，像塊膠布一樣黏人。她住的那條大街，所有的男人都搬走了。沒想到，那個世界的女孩比千山鎮的女孩還要可愛，我真想去你們那兒看看呢！可是我不知道怎麼去，這就為難了。七月，你下次還會來這兒吧？到時就多帶幾個女孩來，好嗎？」

「還是你自己去吧！說不定你也會成為木屋的寵兒。你到底要幹什麼？我工作很忙的！」七月沒好氣的說。

「印和同說話的口氣。哎呀，哎呀！七月，你來的時間雖然不長，可是已經被印與同帶壞了。七月，好心提醒你啊！千萬不要和那兩個長舌婦走得太近，不然你以後會嫁不出去的。有了，終於找到了！」金朱從口袋裡掏出一個小瓶子，裡面裝著一些乳白色的液體，瓶子上還畫著一個歪七扭八的骷髏頭。

「這又是什麼鬼東西？」同一把奪過了那個瓶子，在耳邊搖了搖，繼續說道：「新發明的嗎？不會是瀉藥吧？可以讓皮影試試，這樣他就能減肥了。」

「才不是呢！這是隱形藥，只要噴一噴，連衣服都能一起隱形呢！這是專供聽相聲的人躲避查票用的，一次噴個兩、三下，就能輕鬆逃過那個查票死怪物的眼睛。一年下來，可以節省不少錢呢！」金朱得意的說。

「據我所知，能逃過查票獨眼怪那轉個不停的眼睛的特殊隱形藥，連莊先生都還沒研製出來呢！像你這種渾身散發著犯罪氣息的傢伙，那個怪物閉著眼睛也能抓住你，哪還需要隱形？他會直接把你打扁了，你恐怕得在床上躺兩、三個月，那真的是能節省不少聽相聲的錢。隱形藥，不錯嘛！我聽莊先生說，使用這種藥是不合法的，莊先生已經很久沒配製了。莊先生的隱形藥能維持十分鐘，你的怎麼樣？」同叫道。

「這個嘛！現在還在研發階段，我還沒有掌握好訣竅，仍有些小小的瑕疵，隱形也只能維持三分鐘。不過我相信，我很快就會研製成功的，到時會讓你們大吃一驚！如果你不想讓周圍的人找到你，就能一輩子隱形！那將是偉大的藥，這個世界上所有的藥在它面前都會變得黯然失色！全世界都會知道我的名字，我將和我的隱形藥一起載入史冊！」

「載入犯罪史倒是有可能，宋鬍子會很高興把你關進監獄裡，我們也會很高興看到那天的。」同瞇著一隻眼睛看著那瓶藥，彷彿從裡面看到了金朱戴著手銬和腳鐐，哭喪著臉的樣子。

「那這藥現在有什麼用？」七月問。

「現在嘛！逃過某些人那笨拙的眼睛還是綽綽有餘的。」金朱得意的說。

這時，一位客人走了進來。他全身都是白色的，有著短短的白色絨毛，還戴著一頂黑色的帽子。孤影走過去接過客人的帽子，七月看到他的頭上留著一條長長的辮子。他很快來到了櫃臺前，七月問他需要什麼，他說道：「我要找莊先生。」他的聲音又細又小，就像蜜蜂似的。

「您找莊先生嗎？請問，您和他約好了嗎？」同說道。那個客人從他的辮子中拿出一張寫著一個「莊」字的紅色樹葉遞給同，同笑著說：「您先到那邊坐會兒可以嗎？我們馬上去找莊先生！孤影，招待一下客人！」說完，同又轉過頭來對七月說道：「七月，麻煩一下，能去叫莊先生出來嗎？」

「啊？為什麼要讓七月去，你去不行嗎？」金朱不滿的叫道。

「我就讓七月去了，怎麼樣？」同得意的說道。

「好的，我馬上就回來。」七月說完，像一陣風似的消失在門後。

老實說，七月覺得不用面對嬉皮笑臉的金朱，心裡輕鬆多了。客人買的藥都處理好了，老七又躺在椅子上舒服的睡大覺了。七月經過他身邊時，在他的耳邊輕聲說道：「噴嚏劑。」然後飛快的跑到架子後面，老七抖了一下，伸出一隻手抓了抓耳朵，又呼呼大睡起來。

七月覺得真沒意思，或許她應該存錢買下一瓶噴嚏劑，這樣就好玩多了。她來到莊先生的房間門前，聽到旁邊的房間傳來了爆炸聲，然後是印的聲音：「怎麼回事？是哪兒出錯了？」七月想，她現在一定一臉漆黑，而且成了爆炸頭。七月敲了敲莊先生房間的門，說道：「莊先生，我是七月。外面有客人找您。」

門內沒什麼動靜，七月又敲了敲門，叫道：「莊先生，您在嗎？」七月問完，自己都覺得好笑，她可從來沒見過莊先生離開。可是，誰知道呢？他可是個巫師，不知道還有什麼魔法呢！

「如果您再不回答，我可要進來啦！」七月扭了扭門把，沒鎖。她將門打開一條縫，伸進頭去，裡面空空盪盪的。莊先生不在，進去真不禮貌，不過七月的好奇心占了上風，她溜進房間裡，輕輕將門帶上，心裡真後悔剛剛嚇了老七，萬一他醒過來就不好了。

宋琉璃寫的那本書還放在書桌上，其他的一切也都靜靜的等待著自己主人回家。七月走到莊先生房間的窗戶前，從那兒往外望，是一大片小巧、精緻的房子，夾雜著鮮花和老樹，一切都像是故事裡的場景。

窗戶旁邊還有一扇門，看來莊先生就是從這兒離開的。

「咚！咚！咚！」一陣聲音突然傳來，把七月嚇了一跳，她以為是同的拳擊手套，猜測同一定是來催她了。不過仔細一聽，那聲音不是從門那邊傳來的，而是從書桌對面的櫃子傳來的。七月看著櫃子，裡面似乎裝著一顆會飛的炸彈，正在砸櫃子的門，想要衝出來，因為櫃子都被砸得晃動起來了。七月打開櫃子門，本以為會衝出什麼東西，正想避開，沒想到裡面只蹲著一隻身體快被雙眼占滿、圓圓的黑色小精靈。他的手和腿都很短，見到七月時，一臉驚恐。

七月和那個小精靈就這樣對視了一會兒，誰都沒動一下。最後，七月問道：「你是被莊先生關到裡面的嗎？」那個小精靈的頭搖得像波浪鼓一樣。

「你想出去，對吧？」七月問。那個小精靈一直點頭。

七月不再說話，朝旁邊移動了兩步，看著櫃子裡的小精靈。過了一會兒，那個小精靈試探性的邁出了左腳，七月只是盯著他，他又邁出了右腳，見七月還是沒有反應，便跳出了櫃子，跑到窗戶邊，像氣球一樣飛到了窗臺上。他回過頭看了七月一眼，就從窗臺上消失了。七月跑過去看時，窗外的草地上什麼也沒有，不知道那個小精靈上哪兒去了。

「完了，工作第一天就放走了老闆的小精靈，莊先生知道了一定會趕我走的。」七月邊想邊趴在窗臺上，雙手托著下巴。這時，真的傳來了拳擊手套的砸門聲，七月趕緊關上櫃子門，跑過去打開門。門外的同看起來好像很生氣，大聲說道：「七月，你怎麼這麼久都沒出來？莊先生呢？」

「莊先生不在這兒。」七月說。

「不在嗎？」同故意緊鎖眉頭，不過，她很快又笑了起來，眨著眼睛對七月說道：「如果莊先生不在，只好讓客人再等等啦！七月，快出來吧！有個人還等著表演給你看呢！」

七月跟著同來到大廳，店裡的客人只有找莊先生的那一位。另外，除了老七，所有員工都在這兒了。印看到了七月，笑著說：「謝天謝地，最重要的角色終於出現了！金朱，你有什麼本事都使出來吧！」

七月來到櫃臺前，金朱敲了敲櫃臺，說道：「看到那個白色妖怪了吧！我就要用他來試試我的傑出作品了。」

說完，金朱把所有的隱形藥都噴到自己身上，他的身體逐漸變得透明，最後終於完全看不見了。

「哇！好厲害！」七月叫道。

「小意思啦！你等著，我去把那個怪物的辮子提起來玩玩，到時你可別太崇拜我喔！」空氣中傳來了金朱的聲音。

七月目不轉睛的盯著那個白色客人。這時，她發現了兩隻穿著黃色運動鞋的腳正往前移動。那顯然是金朱的腳，看來他的藥並不如他所說，只有一點點瑕疵。

「哈哈哈！金朱的藥水好像少了點啊！」同笑了起來。

「這樣我們就可以看到他怎麼出醜了。」印說。

此時，阿芒拿著一大杯霜淇淋走向那位客人，滿臉的不滿。那個客人呢，早已經吃得滿嘴都是五顏六色的泡沫了。金朱的腳已經來到客人的身後，可是客人的注意力完全集中在阿芒手中的霜淇淋上，並沒有發現他。很快的，七月就看到那個客人的辮子豎了起來，在空中彎成了一個「S」形，然後又變成了一個「3」，接著又變成了「8」。

那個客人明顯感到不舒服，可是不知道哪兒出了問題。他左看看、右看看，又撓了撓自己的背。為了避開，金朱跳開了一些，客人的辮子也就垂了下來。那個客人沒發現什麼東西，又一頭鑽進了「霜淇淋的世界」。阿芒早就摀著肚子，把臉偏向一邊笑起來了，連一臉嚴肅的孤影，眼睛裡也是笑意。

金朱又把客人的辮子扯直了，把它盤在頭頂。這時，客人終於注意到了辮子的異常，一掌掀翻了桌子，同時迅速轉過身來，大手一揮，七月看到金朱的兩隻腳就朝牆壁飛去，接著傳來了金朱的慘叫聲，這時，三分鐘也到了，金朱變回了原來的樣子，無力的躺在牆角，「哎喲哎喲」的叫個不停。

七月正準備過去扶起金朱，但是那個客人的怒火並沒有因此平息，他大叫幾聲後，辮子突然散開，頭髮全都豎了起來。他不停的跺腳，白煙從他的身體裡冒出來，很快就像濃霧一樣充滿了大廳。那幾隻貓嚇得叫個不停。七月朝金朱走去，可是她現在什麼也看不見，只好摸索著前行。過了一會兒，她摸到了暖暖的東西，不過，那東西表面長滿了柔軟的毛。

「原來是客人！」七月吃了一驚，發現自己完全走錯了方向。正當她準備轉身時，那客人伸出雙手摟住了七月的脖子，把她拉向自己，七月完全不能反抗，頭就靠在那客人的肚皮上。那個客人摟住七月之後，竟然大聲哭了起來。

「沒事的，沒事的，很快就好了。」七月輕聲安慰著。那位客人哭得更大聲了。

「辮子馬上就好了，我可以幫您把它梳好。沒事的。」七月說著，還拍了拍客人，她感覺自己正抱著一個大號的洋娃娃。

「七月，發生了什麼事？」印和同那又細又高的聲音傳來。

「我也不知道，這位客人突然就變成這樣了！」七月大聲說道，好像濃煙會影響聲音傳播似的。

「大家別慌，也不要亂動！」

這是莊先生的聲音。他的話剛說完，一股大風從七月身邊吹來。那陣風像是長了腳，在屋子裡亂躥，沒過一會兒，便將煙霧統統趕走了，店裡又恢復正常。

那位客人還緊緊摟著七月。七月把頭轉向櫃臺，看到莊先生、印和同都站在那兒，莊先生笑著看著七月。那面鏡子被莊先生握在手裡，還有一、兩縷煙從鏡子前飄過。七月再轉過頭，看到那位客人臉上還帶著淚痕。

「好了，這次真的沒事了。」七月說。客人的手臂鬆開了些，七月鑽了出來，看著那位客人，她發現和剛才相比，他似乎瘦了一大圈，更奇怪的是，他的毛和披散著的頭髮都變成了棕色。莊先生走過來，笑著對客人說：「對不起，剛剛有事出去了一下，沒想到回來之後看到一屋子的煙，萬分抱歉。印、同——」莊先生這時停了下來，轉過身看了看印與同，印與同馬上對客人鞠了一個躬，同時說道：「真是對不起，不好意思。」

「應該說對不起的是我，剛剛真是失禮。」那位客人說，他的聲音比剛才大了些，也更粗了。

莊先生讓客人先在椅子上坐著，自己也坐了下來。金朱不知什麼時候已經來到了七月身後，還裝出一臉無辜的樣子。莊先生看了看七月，又看了看金朱，說道：「一定是你鬧出來的吧？金朱。你到我們店裡，我們店就會發生大混亂。」

「真是對不起啊！師父。」金朱笑瞇瞇的說。莊先生看了他一眼，說道：「我可不是你的師父。」

「遲早會是的，不要生氣嘛！我馬上向客人道歉！」金朱說完，來到棕色客人的面前，對他鞠了一個躬，嚴肅的說道：「剛剛是我玩了您的辮子，非常對不起！我知錯了，請您一定要原諒我！我可以把您的辮子梳起來。」金朱說完又要上前抓客人的頭髮，七月真擔心他又鬧出什麼事來。這時，客人迅速伸出雙手護住了自己的頭髮，同時還笑著對金朱說道：「不用了，不用了，我自己來就行了。」說完，他那兩隻笨重的手就在頭上飛了起來，很快就把辮子重新梳好了。

「您能原諒我真是太好了，先生。師父，您也順便原諒我吧！」金朱轉向莊先生，笑瞇瞇的說道，莊先生點了點頭，金朱又補充道：「順便也收我當徒弟吧！」

莊先生沒有回答他，而是看了看七月，笑著說：「這位客人好像很喜歡七月呢！七月，也過來坐坐吧！金朱，我沒有叫你坐下，你還是站著吧！」剛坐下的金朱，只好很不捨得的把屁股從椅子上挪開。七月坐了下來，看到莊先生身後的印踩了金朱一腳。

「剛剛謝謝你了，小丫頭。」那位客人說。

「她叫七月。」莊先生又把臉轉向七月，說道：「這位客人是棕皮先生，住在遙遠的森林裡。」

「您好，棕皮先生。」七月笑著說。

棕皮先生也笑了笑，從自己毛茸茸的身體裡掏出一個袋子。他將袋子打開，從裡面拿出一樣東西，遞到七月面前，說道：「給你。」七月看了莊先生一眼，莊先生笑著點了點頭。

七月接過棕皮先生的東西，發現是三粒圓圓的白色果子。

「這是白煙果。」莊先生說道。

棕皮先生把袋子遞給莊先生，說道：「一共有四十顆，三顆給了七月，還剩下三十七顆。」

「謝謝你。」莊先生說著，轉過頭去對印說道：「印，去拿二十個金幣給棕皮先生。」

「二十個金幣？就這幾顆白色丸子！」印瞪著眼睛說道。莊先生笑著點了點頭，印只好嘟著嘴巴進屋了。

等到棕皮先生走後，七月問道：「這些白煙果有什麼用？」

「很多用處，而且很珍貴。」莊先生說，「這是煙樹結的果子，棕皮先生就生活在那煙樹下。剛剛他身上冒出的煙，也是煙樹的煙。總之這是棕皮先生的好意，你要好好珍藏。」

「嗯。」七月使勁點了點頭，把果子緊緊抓在手心裡。

又有客人進來了，七月趕緊回到櫃臺前，她看到莊先生的鏡子還放在櫃臺上，便偷偷瞄了一眼鏡子裡的自己，然後對莊先生說道：「您的鏡子！」

「謝謝你，七月。」莊先生說。

「不客氣。」七月說著，把鏡子遞給莊先生。這時她感覺自己抖了一下，因為她發現鏡子裡沒有映出莊先生的手，而是一隻毛茸茸的貓爪子！七月愣住了，等莊先生走後，她搖了搖頭，覺得自己一定是看錯了。這時又有好幾個棲霞樓的員工進來，七月便把所有心思放在接待顧客上了。

這幾位顧客離開不久，從走廊傳來了一陣吵鬧聲，一個低沉、沙啞的聲音穿過走廊，鑽進了大家的耳朵裡。

「是那個黑面怪！」印和同叫道。她們朝走廊那邊衝過去，金朱和七月趕緊跟了上去。

等到七月和金朱出去時，印和同正站在門口，雙手扠腰對著一個穿著黑色大衣、戴著黑色禮帽的高個子。七月來到印和同的身後，發現那個人的臉也是一團漆黑，除了眼白，什麼都看不到。七月想到了自己的夢，她認為，與其說他是一個人，還不如說他是一團被凍住的黑煙。他的耳朵上還戴著金色的耳環。

「你來幹什麼？黑面怪！」印生氣的叫道。

「剛剛宋先生的辦公室走失了一名逃犯，我正在全力追查他的下落。」那個人說道，七月不知道他的聲音是從哪兒發出的。

「你搞清楚狀況沒？這兒可是莊先生──莊重先生的店！」同大聲說。

「不好意思，就算是莊重先生的店也不能有例外，連宋老闆的店也照樣要搜查。」黑面怪笑了笑，露出了兩排慘白的牙齒。

「切！我才不信你敢去棲霞樓找宋老闆呢！那些妖怪一定會打死你！」印大聲說，「宋老闆可是宋鬍子的女兒，小心惹怒你的老闆喔！黑面怪！」

「在鎮長先生家裡行竊的人我一定不會放過他！我可不管他是在哪兒被發現的，我只管為鎮長先生辦事！」那個人的聲音帶著一絲威脅的口氣。

「要我說，真應該再多一些敢在宋鬍子家裡偷東西的英雄，宋鬍子把我們賺的錢都收進他的口袋裡，也要有人來替他做做好事了，不然他死了，恐怕得下十八層地獄呢！」同冷笑道。

「宋老闆倒是為他積了不少德，真不知道他們父女倆怎麼會有這麼大的區別！」印也說道。

「請你們不要侮辱宋先生，也請你們快讓開，我想，莊先生是會配合我們工作的。」黑面人的聲音冷如冰，讓七月突然覺得很冷。

「我當然會配合鎮長先生，悟先生。」莊先生的聲音從身後傳來。七月看到莊先生，心裡總算踏實了，印與同也安靜了下來。

「印、同，對悟先生尊重些，我們店裡可不需要那些整天大吵大鬧的員工，知道了嗎？」印和同聽到莊先生的話，溫順的低下了頭，但心裡一定還在罵著悟先生。得到莊先生的允許之後，悟往大廳邁進，他的金色耳環晃來晃去，看得七月心裡發涼。大家都朝大廳走去，七月小聲說道：「莊先生，這個人看起來不像什麼好人。他會不會——」

「不要憑外表下定論，七月。悟先生是我見過最忠實的朋友。」莊先生打斷了七月的話，「而且這只是例行檢查，常有的事。」

悟花了一個小時，將魔藥店的上上下下都翻了一遍。當然，什麼也沒有找到，只讓店裡的每個人堆積了一肚子怒火。老七的椅子被扔到了大廳裡，他的八隻手抓來抓去，恨不得掐住悟的脖子，不過結果是，他把自己的那頭白色捲髮抓得像一個鳥窩；九隻貓都躲進了飲料室，除了孤影，每隻貓的肚子都被各種飲料填得鼓鼓的了，他們似乎覺得，悟先生會認為那些飲料很有嫌疑，而把那些瓶瓶罐罐全都帶走，阿芒還死死護住一大杯柳橙汁；至於印和同，她們站在大廳的入口，瞪著悟先生，眼睛眨也不眨，目光充滿了殺氣。金朱低聲對七月說道：「全千山鎮沒有一個人不討厭他、不討厭宋鬍子。」

莊先生倒是很冷靜，那個黑面怪把他的辦公室翻得亂七八糟，他也只是笑笑。送走悟先生之後，大家坐在大廳的圓桌子前抱怨了很久，莊先生只是安慰大家，希望不要因為悟先生的到來影響心情。

大家花了好一段時間才將店恢復原狀。金朱下午還要上班，先離開了。沒過多久，四眼爺爺來了，他的四隻瞇成一條縫的眼睛和一大堆好吃的東西，很快就趕走了所有人臉上的不悅，大家終於高興了起來。

「要不是還有四眼爺爺，我們一定早就被那個黑面怪給氣死了！」印說。

所有人都哈哈大笑起來，除了莊先生。

第八章

# 棲霞樓

工作一天之後，七月全身都疼，其他人也差不多。下班之後，莊先生決定帶著七月去棲霞樓吃飯。這讓印和同羨慕極了。

棲霞樓位於千山鎮的中心，是鎮裡最大的飯店，也是千山鎮的招牌。棲霞樓內，每天都客滿，很多客人都是慕名從外地來品嘗美味的。據說棲霞樓有兩個特點：第一，這裡的食物確實美味，聽說有不少客人已經在這兒住了好幾年，宋老闆勸他們，他們也不走，就只為了天天吃店內的食物；第二，這兒的大部分員工都是妖怪，他們的樣子更是一個比一個奇怪。大家都說，在千山鎮，想要拜訪妖怪，棲霞樓是最好的選擇之一。在棲霞樓，員工們永遠都是忙碌的，大廚們的勺子永遠也無法離手，永遠不會有打烊的時間。大家還說，棲霞樓的名字一點也不假，恐怕連雲霞也想從天空飛下來，嘗嘗棲霞樓內的美味。

莊先生帶著七月來到棲霞樓時，正是那裡最忙的時候。這時，很多店鋪都關門了，大家有什麼聚會，都是去棲霞樓。飯店的大門邊，今天早晨那個撐著一把小油紙傘的熊，正站在那兒，對每位進店的客人點頭致意。當七月和莊先生來到他面前時，他咧開了大嘴，傻乎乎的對著他們笑。

店外來來往往的人已經很多了，走進店內大廳，更是熙熙攘攘。大廳兩邊有很多扇門，門內燈火輝煌，那些奇奇怪怪的妖精穿梭其間。有不少都是今天來莊先生店裡的客人，他們看到莊先生和七月，都投以友好的微笑。

「莊先生來了呀！您可好久沒來了，老闆娘每天都在埋怨您呢！」一個長脖子的服務生笑著迎上來。他冷冷的看了七月一眼，說道：「您帶小朋友來了，真是稀奇，我還以為您總是獨來獨往呢！莊先生，這邊請吧！您喜歡的那間房，老闆娘可是一直為您留著，每天都叫人打掃，什麼客人都不能使用呢！」

那個長脖子服務生帶著莊先生和七月穿過擁擠的大廳，沿著樓梯到了二樓，二樓也是人山人海，他們好不容易才來到了走廊盡頭的房間。

那個房間很寬敞，裡面放著長沙發，花瓶內的花兒也開得正好。莊先生進房後，那掛衣服和帽子的架子也向他鞠了一個躬，不過莊先生並沒有把外套脫下來。一張玻璃小桌子就在窗戶前，從那個大大的窗戶往外看，可以看到半個小鎮。

窗子正對著夕陽，給即將到來的晚餐又增添了一絲誘人的氣息。

「你想吃些什麼，七月？」莊先生把菜單遞給七月。

「菜可真多，眼睛都看花了。」七月掃了一眼菜單後，又把它合上，說道：「還是莊先生您點吧！我只要有魚和洋芋吃就行了。」

「魚和洋芋？你的要求可真低，不過，棲霞樓會把這兩種食物以一種你從來沒有品嘗過的味道呈現出來的。」旁邊那個長脖子服務生自豪的說。

點好菜後，菜很快便上桌了。上菜的服務生也是今天上午的客人。七月覺得每一道菜看起來都很特別。她彷彿看見了做菜的大廚們忙碌的樣子，那些食物也在她的面前跳起了舞，一隻龍蝦拿著湯匙，一隻燒雞拿著筷子，一起歡快的唱道：

「吃我吧！吃我吧！你能品味到整個棲霞樓！」

吃飯時，七月也常常瞅一眼莊先生，他吃得很少，倒是喝了不少湯，而且眉頭總是緊鎖著，笑起來也很勉強。當晚餐時間快結束時，房間的門「吱呀」一聲被打開了，接著，一個沙啞但不失嫵媚的聲音傳來：「莊重來了呀！怎麼沒人告訴我？」

一個女人出現在門口，她大概三十歲，穿著紅色的長裙，嘴唇也是火紅的，頭髮卻是黑的，在頭頂高高盤起。她的左手還握著一把扇子，看到了莊先生，嫵媚的笑了笑，邊走邊說道：「你可是好久沒來了呢！」

「正因為如此，今天吃著棲霞樓的菜才覺得比往常美味，而宋老闆你看起來也更漂亮了。」莊先生微笑著說。

「這麼久不見了，莊先生還是這樣會討女人開心。怪不得每天都有女人為了你寢食難安呢！對了，你最近和琉璃相處得怎麼樣了？那個丫頭這幾天聽我提到你的名字就生氣呢！」老闆娘笑著說。

「認識太久了，難免會有些誤會，甚至厭倦吧！」莊先生說。七月想起印與同說過的話，琉璃拒絕接受莊先生送給她的鏡子。

「她可不會。你們總是這樣，和好兩天，第三天又吵了。對了，等會兒我們要和我老爸吃飯，你要不要一起來？琉璃也會很高興的。」老闆娘笑著說。

「還是不要了，今天我帶來了一位小朋友。」莊先生看著七月說。

七月正吃著魚尾巴，聽到莊先生的話，連忙抬起頭對著宋老闆笑了笑。宋老闆看了看七月，笑著說：「早就聽我那些員工說，你的店裡來了個可愛的女孩，沒想到這麼快就見到她了。聽他們說你叫七月，對吧？我是這家店的老闆，也是琉璃的姊姊，你在莊先生的店裡，對琉璃一定不陌生吧？我叫宋琳琅，很高興認識你，孩子。」

「我也很高興認識您，宋老闆。」七月笑著說。

「宋老闆，我聽說你們店也新來了一名員工。」莊先生說。

「哦，是個叫白光的沉默透明人，他可沒有七月人氣高喔！」宋老闆笑著說，「你突然問這個幹什麼？」

「我對棲霞樓一直都很關心啊！棲霞樓發生的雞毛蒜皮小事，我也一清二楚。」莊先生笑著說。

「那是因為琉璃在這兒工作的緣故吧！」宋老闆又說。

就在這時，門又「吱呀」一聲被打開了，還傳來一個小孩子的聲音：「媽媽，你在裡面嗎？」接著，門口出現了一個六、七歲大的小女孩，簡直就是她媽媽的縮小版，她的身後還跟著畏畏縮縮的金朱。金朱本來就很不自在了，來到桌子前，看到客人是莊先生和七月，臉瞬間紅到了脖子，特別是他看到七月摀著嘴巴笑時，恨不得找個地洞鑽進去。

「怎麼了？寶貝。」老闆娘的語氣柔和了，眼光也充滿了愛意。

「我要金朱哥哥陪我玩，你讓他快點下班吧！不要叫他做那麼多事了。」小女孩抓住媽媽的手撒嬌道。

「行啊！反正今天的客人少。金朱，你就陪著阿裡玩一會兒吧！薪水我也會照給的。」

「是，老闆。」金朱擠出了一個微笑說道。

宋老闆又把頭轉向自己的女兒，說道：「不許貪玩，知道嗎？等會兒我們還要和外公、小阿姨一起吃飯呢！」

「我知道了，媽媽。」小女孩說完，拉著金朱的手朝門口走去。

莊先生依舊和老闆娘談天，看樣子，短時間之內莊先生還不想離開。七月聽到他們好像說到了什麼「逃跑的竊賊」，看來他們說的是今天去宋鎮長家行竊的那個人了。聽宋老闆的語氣，似乎也不是特別討厭這個小偷。

「我父親的東西啊，誰也不肯給，也只有小偷能讓他把東西拿出來了。」宋老闆苦笑道。

十分鐘後，老闆娘終於決定離開房間，去其他的地方看看。這時，七月突然想上廁所了。

「阿長，你帶著七月去廁所吧！聽著，不許欺負小孩子。」老闆娘對著長脖子的伙計說。

七月和阿長跟著老闆娘一起出門後，在香氣和客人的談笑中，穿過彎彎曲曲的走廊。阿長一路上總是把頭轉向另一邊，彷彿看了七月的臉，就會被變成石頭一樣。他的嘴巴歪著，眉毛挑著，鼻子哼著，好像怕自己長得還不夠醜。終於，他們來到了廁所門前，阿長嫌惡的看著七月，說道：「就是這兒了。你快點，聽到沒？我現在很忙，可沒空在這兒等你！」

「我又不是找不到回去的路，誰要你等了！」七月賭氣說道。

「那好吧！」那個長脖子傢伙馬上跳開了，「你自己回去吧！」

「自己回去就自己回去！誰稀罕你帶路！」七月說。阿長聽了，一溜煙就跑了。

從廁所出來之後，七月的腦子轉了好幾十個彎，怎麼也想不起來回去的路。她在人群中擠來擠去，剛剛轉了兩個彎，就發現了一條岔路。「左邊還是右邊？」她看了看左邊的走廊和右邊的走廊，想在記憶裡搜尋一下有沒有印象，不過，她發現對兩條走廊都相當陌生。她選擇了左邊，到了第二個岔路口，她又選擇了左邊。反正她也找不到路了，就一直選左邊吧！

她不知道自己走了多遠，更不知道自己在哪兒，圍繞在她身邊的是忙碌的人群和妖怪。那些來來往往的伙計都滿面笑容，七月想問問他們莊先生的房間在哪裡，但是，當她看到朝她走來的一個長得像一堆爛泥的妖怪時，卻嚇得跑開了。「除了美食就是妖怪，棲霞樓真是個美好又可怕的地方！」七月心想。她倒是喜歡門口那個慢吞吞的熊，甚至覺得有這樣一個朋友很好。

七月終於來到了一個看起來和剛剛吃飯的地方很像的房間外，她鬆了一口氣，想到自己竟然會在這兒迷路，覺得有些不好意思。七月輕輕將門打開一條縫，望了裡面一眼，很安靜，天花板是紫色的，看來並不是這個房間。正準備關上房間的門離開時，她聽到身後傳來阿長的聲音：「喂！你們看到一個又瘦又小的女孩了嗎？沒有？怎麼搞的！那個笨蛋跑到哪兒去了？」

原來阿長在找她，七月趕緊溜進房間裡，輕輕關上門。她得意極了，心想，一定是莊先生或是宋老闆讓阿長來找她了。現在她倒不著急回去，只想讓阿長多跑點路。

門外阿長的聲音漸漸遠去，七月這才仔細看了看房內？她被裡面的擺設驚呆了的店——從門口到窗戶前，到處都擺著各式各樣的鏡子，有圓的，有方的；有的只有手掌大小，像風鈴一樣掛在窗戶前，有的卻覆蓋了整面牆壁。無數的鏡子裡，映出無數個七月的店——有的和她一樣，不過大部分都變得很奇怪。站在其中一面鏡子前，七月看到了一個背對著她坐在樹上的男孩，她趕緊走到下一面鏡子前，這次，她居然消失不見了。這房間裡的鏡子可把七月嚇了一跳，擔心有一面鏡子會攝走她的靈魂。她準備離開這恐怖的房間時，門外傳來了說話聲，腳步聲也停了下來。七月向周圍看了看，趕緊躲到窗簾後面。

「琉璃，不要生氣了，你們倆可讓我煩惱啦！」門「吱呀」一聲被打開了，宋老闆的聲音傳來。

「我不想去見他，完全是個沒有腦子的傢伙。」另外一個動聽的聲音說道。這就是琉璃了吧？七月恨不得自己長著一雙透視眼，能穿透窗簾，看看這個讓莊先生神魂顛倒的女孩到底長什麼樣子。

「你們只會互相賭氣，還真是天生一對啊！」宋老闆又說。

「姊姊，不要說了，你還不老呢，就這樣嘮叨，以後阿裡可要受罪啦！」琉璃輕聲說，「外面好像有人叫你了，宋老闆，您還是出去忙吧！」

「那我就先走啦！等會兒記得去頂樓啊！爸爸還等著和你一起吃飯呢！」宋老闆剛說完話，門又「吱呀」一聲被打開了，接著又被關上，屋子裡再次變得靜悄悄的了。七月豎著耳朵，可是完全聽不到琉璃發出的任何聲音。

就這樣過了一會兒，七月終於聽到有腳步聲，卻是靠近窗簾前，她的心緊張得直跳，心想：如果琉璃發現她這樣失禮的行為，又聯想到自己是莊先生店裡的員工，一定會和莊先生大吵一架。

「窗簾後面太悶了，又看不見風景，還是出來坐坐，喝杯茶吧！」琉璃的聲音在離七月很近的地方響起，雖然隔著窗簾，七月已經感覺到琉璃嚴厲的目光正射向自己。七月趕緊從窗簾後面走了出來，她不敢看琉璃，先深深的鞠了個躬，說道：「真是對不起，琉璃小姐，請你不要生氣，我不是有意的。」

「沒關係，抬起頭來，到我這邊來。」琉璃說。七月覺得琉璃的聲音聽起來很友善，當她抬起頭時，看到的是一張和宋老闆神似的臉。不過琉璃的頭髮是紅色的，很捲很蓬鬆，隨意的披在肩膀上，她的臉上也只化了淡淡的妝。另外，她的左眼下方還長了一顆痣，讓她那張本來就精緻的臉更別具韻味了。七月覺得任何一個見到琉璃的人都會喜歡她，莊先生會迷上她，也是正常的。七月對著琉璃感激的笑了笑，便來到了她的身邊。琉璃也對她笑了笑，又對著右邊的窗簾說道：

「還有幾個傢伙以為我不知道他們正在窗簾後面偷笑嗎？」

剛剛還一動不動的窗簾劇烈的搖動起來，接著，幾個綠色的、圓圓的東西突然從窗簾裡衝了出來，七月還沒看清他們的樣子，就聽到他們說話的聲音：

「西瓜！」

「快跑！」

有三顆圓圓的西瓜跳到了琉璃和七月的腳下，七月趕緊向後退了一步，好像怕他們撞上自己。那三顆西瓜圍著七月和琉璃跳了幾圈，嘴裡邊唱道：

「西瓜來自遙遠的萬年島，

當他們沾上女巫的魔藥時決定逃往他鄉。

他們搭乘月光號到達千山鎮，

他們來到了美麗的棲霞樓。

他們是宋老闆的好朋友，

他們是最最忠實的員工，

他們的櫃子裡藏著榮譽的動章。」

「停！」琉璃不耐煩的說，「這幾年，我已經聽你們唱了幾百遍你們的光輝歲月了，耳朵都聽出繭了！」

「可是這裡有一個新朋友呀！」左眼上有塊疤的西瓜叫道，他也是三顆西瓜中最圓的。

「她還不了解我們的光榮史呢！」另一顆長得稍微長一些的西瓜叫道。

「我們總是在第一次見面時，將我們的一切毫無保留的告訴新朋友！」第三顆西瓜接著說，他是三顆中眼睛最大的。七月看著三顆西瓜跳上、跳下，就怕他們跳得太高，掉下來時摔得粉碎。

「還沒自我介紹，」眼睛上有傷疤的西瓜看著七月說道，「我的名字叫丁丁當，是三個中的老大。」

「我的名字是丁當當，是三個中的老二。」長長的西瓜說。

「我的名字是當當當，是三個中的老三。」

「你呢？」三顆西瓜齊聲問道。琉璃也笑著看著七月。

「我的名字叫七月，很高興認識你們！」七月看了看琉璃，又看看三兄弟，說道：「有一個問題不知道問起來會不會讓你們生氣，西瓜三兄弟。」

「什麼——」丁丁當說。

「問題——」丁當當說。

「儘管——」當當當說。

「問！」三顆西瓜跳起來，齊聲叫道。

七月被他們的行為嚇得後退了一步，說道：「你們是不是還有個大哥叫作丁丁丁？」

「七月，你問的問題可真奇怪。」琉璃笑著說，她彎著身體看著三顆西瓜說道：「不過，我也很想知道呢！」

「這個——」三顆西瓜你看看我，我看看你，又互相點了點頭。還是丁丁當最先開始說道：「我們是有一個叫丁丁丁的大哥。」

「他是世界上最善良、最和藹的大哥，很會跳，很會講故事，很會罵我們。」丁當當傷感的說。

「他以前和我們一樣，生活在萬年島上的一塊瓜地裡，我們是長在同一根藤上的西瓜兄弟。」當當當接著說。

「我們的命運都是一樣的，曬太陽，睡覺，累積糖分，成熟，然後被人和動物吃掉。」丁丁當說。七月想到自己最喜歡吃的水果便是西瓜，不禁覺得自己犯下了很重的罪過。有那麼一個瞬間，甚至決定以後再也不吃西瓜了。

「我們的大哥就是走上了這條路，他被瓜農摘走，運到市場上，裝進了一個我們永遠也不可能知道的人或動物或妖怪的肚子裡。」丁當當帶著哭腔說。

「大哥臨走時告訴我們，一定要想辦法拖延自己的成熟日期，想辦法為自己在這個世界上多爭取一些活著的日子。」當當當已經在哭了。

「他還說，如果有可能，一定要想辦法逃走。不過，那時我們還長在瓜藤上，就算掙脫了瓜藤，也只會在地上滾來滾去，想逃跑很困難。」丁丁當也歎了口氣。

「就在大哥離開後的第五天——那真是令人傷心欲絕的五天，我們整天以淚洗面——我們遇到了一個到瓜地來偷西瓜的老巫婆。」丁當當說。

「她是個落魄的老巫婆，手裡捧著一個水晶球，球上還有一隻不斷發抖的蟲子。她就像一塊乾枯的木頭，滿臉的皺紋，可能剛剛從墳墓裡爬出來，一副渴到不行的樣子。」老三講到這個老巫婆時笑了笑。

「她偷偷吃了兩顆大西瓜，連她的魔藥瓶子掉在地上也沒有注意到。」老大說。

「瓶子被打碎了，有些魔藥濺在我們三個的身上。」老二說。

「我們三個啊！瞬間也有了魔力，便從地上跳了起來！」老三說。

「我們飛上天時，砸暈了一隻鳥兒。」

「在雲朵上吐了口口水。」

「掉下來時，順便砸暈了那個老巫婆。」

「這樣對待恩人，我們可真是過意不去。」三顆西瓜齊聲說，「不過，她看起來真討厭！」

「原來是這樣。」琉璃趕緊說道，「後面的事就不用說了，剛剛你們的歌已經唱得很清楚了。你們看起來很得意，很好，看來應該也做好被我罵的準備了。現在讓我們回到正題上吧！你們跑到我的房間裡幹什麼？」

「只是照照鏡子。」丁丁當笑著說。

「我們現在是棲霞樓的員工，」丁當當說。

「而且還是連續三年最具人氣的員工，」當當當補充道。

「我們得注重自己的形象。」三顆西瓜齊聲說道。

「少裝蒜了，我還不知道你們這三個調皮鬼嗎？」琉璃笑了起來，「前天呢，你們才把阿裡的彈珠吞掉，昨天呢，你們扯壞了大熊的油紙傘。今天你們還沒犯錯，我比較擔心你們會找上我。快說吧！你們到我這兒來到底是要幹什麼？」

「真的沒事！宋老闆現在一定到處找我們，我們先走了，琉璃小姐和七月！」三顆西瓜齊聲說，然後飛快的朝著門邊跳去。丁丁當用嘴打開了門，然後三兄弟就消失了。

七月看著門，腦子裡現在還回響著剛剛那三顆西瓜所說的話呢！她覺得印與同的行為已經很奇怪了，沒想到這兒還有更古怪的三兄弟。琉璃看著門，無奈的笑了笑，見七月在那兒呆呆的笑，就說道：「現在，快說說吧！你又是誰？怎麼會在我的房間裡？你可不准像他們三個一樣，想從我的眼皮底下溜走喔！」

「真是對不起！」七月趕緊說道。

「停！」琉璃甩了甩頭髮，說道：「你叫七月，聽說莊重的店裡新來的員工也叫七月，就是你吧？是不是莊重讓你到我的房間裡偷什麼東西？做了十幾年的朋友，沒想到我們之間連基本的信任也不再有了。」

「對不起，我不是有意要闖進你的房間，也不是莊先生讓我來的。我只是上廁所之後迷路了。我是昨天才第一次來到千山鎮，今天是我第一次來棲霞樓。事實上，昨天也是我第一次來這個世界！」

「這個世界？多麼奇怪的話，你怎麼看也不像昨天才出生的啊？難道說，你是從另外一個世界來的嗎？」琉璃突然有了興趣，她拉著七月在書桌前坐下，自己也坐了下來，然後給七月和自己倒了一杯茶，笑著對七月說：「真的是另外一個世界來的，對吧？」

# 第九章　鏡子

琉璃對七月的態度真是讓她受寵若驚，她的兩隻手握在一起，不自在的放在膝蓋上。琉璃一直看著她，七月可不敢抬頭看她，就像昨天晚上她不敢看莊先生一樣。她只是死死的盯著杯子裡慢慢舒展開來的茶葉。七月並不討厭琉璃，相反，她很喜歡琉璃。在這個世界，一切都是如此的新奇，一切都是如此的友好，當然，除了剛剛遇到的那個長脖子服務生和今天到店裡來的悟先生。

「七月，你還是快說說話吧！告訴我，你就是被那棟小木屋送過來的嗎？」琉璃友善的問道。

「是的。」七月小聲說，她終於抬起了頭，把自己怎麼到這個世界的情況全都告訴了琉璃。

「真好。」琉璃感歎道。

「因為我能到另外一個世界去旅行？」七月說。

「當然啦！」琉璃喝了口茶，說到讓她興奮的地方，差點被嗆到。「你知道嗎？我一直想去另外一個世界呢！也一直等著那棟木屋找到我。每當我一個人到外面散步時，我都想著，那棟木屋馬上就會來了，它會帶給我一大堆麻煩，還有一大堆樂趣。真的，很多次我都感覺它就在我身邊，可是因為某種原因，它不想選中我。我已經做好一切準備了，無論它帶給我什麼，我都會欣然接受。」

「你和莊先生真像，莊先生也想去我們那個世界旅行。」七月說。她對自己說的話很滿意，覺得自己這無意的一句話，或許可以拉近他們倆之間的關係呢！莊先生和琉璃，七月覺得就像偶像劇裡的情侶，總是吵吵鬧鬧，像孩子一樣，不過最後總會在一起。

「莊重嗎？」琉璃笑了起來，「就是因為他相信有另外一個世界存在，我才相信的；也是因為他想去你的那個世界旅行，我才想去的。」

「這麼說來，莊先生對你來說，是很重要的人了？你對莊先生來說，應該也很重要。對了，我來的這兩天，隨時都看到莊先生抱著一本你寫的叫《生活的魔法》的書。」七月又說。

「是嗎？」琉璃的臉上泛起一抹紅暈。她用手托著下巴，看著自己的杯子笑了笑，又說道：「原來他會這樣，真是奇怪！老實說，最近他確實越來越奇怪了，以前他可不是這樣。七月，其實我想到另外一個世界，還有一個很重要的原因。」

「什麼原因？」七月把身體微微向前，好奇的盯著琉璃的眼睛。琉璃把頭轉向了左邊，說道：「看到了吧？是為了鏡子，聽說，那木屋裡也有一面鏡子。」

「你的鏡子已經夠多了。」七月感歎道。

「我太喜歡鏡子了，再多也覺得不夠。你知道嗎？每當我感到不開心，找不到走下去的勇氣時，我就會對自己說：『沒關係，我還有一整屋的鏡子！』一想到這一點，我又充滿了信心。我簡直一天也離不開這些鏡子。我從十歲就開始收集鏡子了，第一面鏡子就是最小的那面，像葫蘆一樣。現在已經過十二年了，鏡子越來越多，可是我的心還是一點兒也不滿足，會不會太貪心了？我奶奶總是說，我老爸沉浸在政務裡，我姊姊沉浸在棲霞樓，而我呢，則是被鏡子給迷住啦！她說，我們三個的態度都讓人擔心，因為喜歡，所以會被束縛住。管他的呢！對了，七月，你剛剛跑進我房間時，一定覺得這些鏡子非常有趣吧？」

「是的。」七月說著，指了指剛剛那兩面鏡子，「在一面鏡子裡，我看到了一個男孩；在另一面鏡子裡，我看不到我自己，這是怎麼回事？」

「這兩面鏡子是我的最愛，也是人性的反射呢！」琉璃站起身來，朝著那兩面鏡子走去。七月也跟著她。其實那兩面鏡子長得很像，都被鑲嵌在古樸的雕花木框裡。琉璃和七月站在其中的一面鏡子前，七月消失了，而琉璃則變成了一個滿臉皺紋的老人。

「啊，真可怕！」琉璃摸了摸自己的臉，馬上從鏡子面前移開，又來到了右邊的另一面鏡子前，這次，七月又看到了那個背對著她坐在樹上的男孩，而琉璃面前出現的是莊先生。

「這到底是怎麼回事？」七月跟著琉璃回到書桌前，忍不住問道。琉璃還不停的摸著自己的臉，驚恐的說：「真不敢想像！」

「那兩面鏡子到底有什麼意義？你剛剛還說它們是人性的反射，到底是怎麼回事？為什麼我在第一面鏡子裡看不到自己，而你，卻變成了一個一個老太婆？」七月結結巴巴的說。因為她發現，琉璃的臉色越來越難看了。

「那面鏡子裡顯現的，是你最害怕的事。」琉璃輕聲的說，「我很害怕變老，你應該也看到了。那面鏡子是我十八歲時爸爸送給我的，從那時開始，我每次照鏡子時，都會在那面鏡子裡看到自己年老的樣子，而且，每次裡面出現的那張臉都更老、更恐怖了。這種感覺真難受，因為那張蒼老的臉時刻在提醒著我：即使我現在貌若天仙，將來也會成為一個長相恐怖的老太婆！一切都留不住！」琉璃說著，用手摀住了臉。

「因為你現在很漂亮，才會那麼在意失去它之後的事吧！」七月說，她的腦子又迅速轉了起來，轉到了和她滿臉稚氣不一樣的地方。琉璃看著自己面前一臉正經的七月，有那麼一瞬間，她覺得七月像一個歷經滄桑的老人。

「其實沒有關係，因為你愛的人和愛你的人也會跟你一起變老。」七月笑了起來，又恢復了她的孩子氣，「對了，我們那個世界有一首歌是這樣唱的：『我能想到最浪漫的事，就是和你一起慢慢變老。』我想，變老並不是一件很恐怖的事，如果你明白有人欣賞你的皺紋。」

「『有人欣賞我的皺紋。』說得真不錯，可是七月，害怕的東西並不是那麼容易克服的。」琉璃無奈的回答。

看著琉璃一臉難過的樣子，七月覺得最好還是跳過這個話題，於是她問道：「琉璃，那我看不見自己又代表什麼呢？難道我會害怕空氣嗎？」

「不是。」琉璃勉強笑了笑，說道：「我想，你是害怕有一天突然消失了。你會這樣也是有道理的。你現在身在這個世界，一定很害怕回不去，怕你的家人徹底失去你的消息，讓他們為失去你而痛苦，然後，習慣沒有你的日子。」

「恐怕還不只這樣。」七月低著頭說，她的目光看著自己的手指，似乎什麼也不看。「我覺得，我最害怕的應該是：生活了一輩子，沒有人記住我，彷彿人生就像一場夢。」七月說。

「每個人都會害怕這一點，只是，有時生活上的瑣事讓我們忘記了思考死亡和遺忘的事。天啊！和你談話時，我都覺得自己面對的不是一個孩子，而是一個哲學大師了。」琉璃笑了笑，摸摸七月的手，溫柔的說：「不要難過，生命太短了，沒有時間浪費在難過上。對了，你知道嗎？不久前，莊重也照過那面鏡子，鏡子裡的他也消失了，看來他害怕的和你一樣。不過，他在照那面鏡子前很猶豫，照完鏡子之後倒是鬆了一口氣。我覺得他心裡一定以為自己最害怕的是另外一樣東西，而他不願意讓任何人知道。」琉璃說到這兒，又變得有些不高興了，她看著七月，說道：「最近我們的關係很糟，我知道自己在和他賭氣，但我也沒有辦法不生氣。我覺得，他有很重要的事瞞著我，因為這件事，他不想太靠近我；也因為這件事，我覺得自己無法接受他。」

「也是因為這樣，你拒絕接受他送給你的鏡子？」七月說。此刻她已經把自己的問題拋在腦後啦！她現在又得扮演好紅娘這個有趣的角色了。

「那面鏡子對他來說是很重要的東西，我想，我現在還不能接受。」琉璃又陷入了沉思，七月一直盯著她，發現她的眼睛和嘴巴長得簡直和宋老闆一模一樣，可是她看起來又是那樣的獨特。琉璃終於也感覺到了七月的目光，她抬起頭來對七月說道：「讓我們先拋開這面鏡子吧！我告訴你另一面鏡子的情況。那面鏡子裡出現的，是我們最期盼的東西和人。」

「那麼，你期盼的是莊先生，而我想見的，是一個坐在樹上的男孩？」七月說，「奇怪？你不是每天都能見到莊先生嗎？你完全沒有必要想他嘛！而我，為什麼想見一個從來都沒見過的人呢？」

「你一定見過他，只是現在還沒想起來。」琉璃笑著說，她看了看書桌對面的鐘，說道：「時間也不早了，你的莊先生一定到處找你呢！我也得去陪陪我那在整個千山鎮都不討人喜歡的鎮長父親了。走吧！我送你過去找莊重。」

「你也會和莊先生見面吧？」

「這就不用了，我們見了也只有吵架而已，多沒意思。」琉璃對七月眨了眨眼。

# 第十章 滿目

七月跟著琉璃走在走廊上，她發現所有客人和員工見到琉璃，都露出了真誠的微笑，琉璃也微笑的看著他們。七月和琉璃走到哪兒，哪兒就特別擁擠。大家為了多看看琉璃，都裝作不經意的從她們面前經過，有個渾身綠色的妖怪已經從她們面前經過三次了。七月本想把三次經過的綠色妖怪當成三胞胎，可是「他們」偏偏每次都露出一顆一模一樣的金色門牙。看來，琉璃在棲霞樓的人氣很高啊！七月想到了宋鬍子，他是琉璃和宋老闆的父親，可是他在千山鎮似乎很不受歡迎。七月覺得，這個父親真該好好跟自己的女兒學學。

在棲霞樓走了一圈，七月才發現，今天到莊先生店裡的那些客人並不算奇怪，還有很多妖怪的長相超乎想像。七月覺得大部分妖怪看起來很滑稽，琉璃卻告訴她，那些看起來好玩的妖怪，有不少之前是無惡不作的傢伙，大家聽到他們的名字都兩腿發抖。後來想要改邪歸正，就跑到了棲霞樓。看來滑稽和可怕只有一步之遙啊！

「為什麼棲霞樓的員工大多是妖怪呢？」七月問。

「這個嘛！我姊姊從小就喜歡各種各樣的妖怪，她是和妖怪一起長大的。其實，妖怪在我們這個世界的很多地方都受到了歧視，但是，姊姊一直致力於維護妖怪的權利，並將從丈夫那裡繼承的棲霞樓的大部分人類員工辭退，換成了妖怪。與其說她想開一家讓人來過之後永生難忘的飯店，還不如說，她想給妖怪們一個家。」琉璃說著，歎了口氣，繼續說道：「她為此犧牲了許多自己的時間，身體也出了不少毛病，不過，她倒是覺得一切都是值得的。人的這一生，不就是要找到一件值得你去做的事嗎？」

「我可從來沒想過自己要做這麼了不起的事，宋老闆真讓人佩服。」七月說。

這時，她們又轉了一個彎，來到了一條光線比較暗的走廊。迎面走來的，是那個透明人白光和一個十二、三歲的男孩。那個男孩很面熟，七月覺得好像在哪兒見過他。

「琉璃小姐，你好。」說完，白光又低下頭看了看七月，說：「七月，你好。」

七月的目光一直停留在一旁那個男孩身上，聽到白光的問候，連忙抬起頭，笑著對他說：「白光，你好，沒想到我們這麼快又見面了。」

「你們認識嗎？這真是太好了！」琉璃說，「白光、滿目，你們能幫我把七月送到莊重先生那兒去嗎？」

「非常樂意，琉璃小姐。七月是我的好朋友。」白光說。

「那麼我先走啦！七月，很高興認識你。」琉璃笑著，用手撥開了自己的頭髮，然後對著白光和滿目點了點頭，就轉身離開了；跟在她後面的，又都是妖怪們那些永不疲倦的笑臉。

七月跟在白光和滿目的身後，白光一路上一直在說，他很抱歉昨天後來沒有管她，一個人離開了。不過，他那時也不知道棲霞樓能不能容得下自己。七月也想到了這個問題，心想：「昨天如果我和白光一起來棲霞樓，會不會更好玩呢？琉璃和宋老闆都很好，妖怪們也很有趣，雖然有些妖怪並不喜歡我。」她轉念又想到了莊先生和那個店，覺得自己還是更喜歡那兒一點。

那個叫滿目的男孩一直很沉默，當七月主動向他打招呼時，他看了看七月，對她笑了笑，就不再和她說一句話。七月在他身後吐了吐舌頭，然後跑到白光的旁邊走著。沒過一會兒，一個長得像蛤蟆的妖怪叫走了白光。「真遺憾，我本來還想去見見莊重先生呢！」白光離開時說道。

現在，就剩下七月和滿目兩個人了，他們快走到一個轉角處時，滿目突然拉起七月的手，推開了旁邊房間的門，把七月拉了進去，然後關上了門。七月被他突然的舉動嚇了一大跳，掙脫開了滿目的手，說道：「你要幹什麼？」

「我一直在等你，七月。」滿目終於笑著說。

「你一直在等我？可是我根本不認識你。」七月這時故意冷冷的說。

「你在生氣，因為我剛剛的態度冷淡，對嗎？」滿目問。七月把頭扭到一邊，什麼也不說。

「看來是這樣。」滿目笑著說，「對不起，七月，我只是想和你單獨說話，安安靜靜的說話。我那些妖怪同事有的都只聽宋老闆的話，對其他的員工就不怎麼友好。他們之中有些還很喜歡偷聽別人說話。白光是個好人，很善良，可是，有些事情我只想讓你知道。」

「只想讓我知道的事？聽起來我們好像很熟。滿目，滿目，你到底是誰呢？我真的不認識你。」七月歪著頭，盯著滿目的臉。

「不認識我嗎？或許你是忘記了吧！沒關係，我很高興能再次見到你。」滿目的臉上一直掛著溫暖的笑容，七月覺得四周也變得暖暖的。後來，她不知道自己為什麼就笑了起來，笑著，笑著，眼淚就流出來了。

「我也不知道自己為什麼會哭。」七月說著，想努力笑一笑，但眼淚又流出來了。

「不要難過，一切都會過去的，真的很高興再次見到你。你在這兒要好好保重。你留在莊先生的店裡，很不錯。莊先生是千山鎮最好的老闆了。好好工作，七月，開開心心的活著，知道嗎？」滿目握著七月的手，七月什麼話也說不出，只是拚命的點頭。

「滿目，我想不起你是誰了，但是我知道自己認識你。」七月說，「或許是上輩子的事也說不定，就算是上輩子的事，我也一定會想起來的。」

滿目對著七月笑了笑，拿出了手帕擦了擦七月的臉，說道：「笑一笑，然後我們一起出去。我會再來找你的，到時我就把整件事告訴你。現在，莊先生一定在等你回家，我帶你去找他。」

滿目帶著七月，很快就回到了莊先生吃飯的房間。莊先生正和一個胖胖的、長得像河馬的妖怪聊天。阿長就站在旁邊，見到七月進來，厲聲說道：「你這個笨丫頭，跑到哪兒去了？」

「不關你的事，你這個長脖子！」七月對他扮了個鬼臉。

「你回來了就好，不然我準備讓宋老闆拆掉整座棲霞樓找你呢！」莊先生又看了看滿目，笑著說：「滿目，是你幫七月找到回來的路，對吧？謝謝你啊！下次到我們的店裡，所有的藥一律打八折。」

「莊先生，看在剛才我也費心幫您找小員工的份上，也給我打個折吧！八五折就行了，如果實在不行，九折我也能接受。」阿長嬉皮笑臉的說。

「那可不行，剛剛你讓我的員工走丟了，還對著她大吼大叫，以後你來我們店裡啊，我就讓同的拳擊手套把你揍一頓。」莊先生笑著說。七月聽到這兒不禁也笑了起來。阿長呢，現在不僅脖子長，臉也拉得長長的，他望著七月，目光中飽含幽怨。

「走吧！七月，現在是回家的時候了。」莊先生說，「看起來你好像很喜歡棲霞樓，我得快點帶你離開，不然宋老闆要搶走我的員工啦！」

莊先生和七月剛剛走出大廳，就聽到後面傳來了白光的聲音。

「莊先生，耽誤您幾分鐘。」白光說道。

莊先生停了下來，對白光點了點頭，說道：「你找我有什麼事嗎？」

「是這樣的，我來千山鎮後就聽說了您的魔藥店。我沒有多少錢，但想問問您，有沒有可以讓我更明顯一點的藥。對了，我叫白光。」

「更明顯一點是什麼意思？」七月說著，看了看白光，「現在的你已經很引人注目了。」

「你想有一個大家可以看到的身體，對吧？」莊先生笑著說。

「就是這樣。」白光點了點頭，「雖然宋老闆姊妹對我很好，滿目也是個好人，我總感覺棲霞樓裡的人對我指指點點的。我想，可能是他們看不見我，不知道我的表情，也就猜不透我的想法，所以不太相信我。以前在其他地方，大家也是這樣。我本來以為棲霞樓裡都是妖怪，會相互理解的。」

「他們也是無心的。」莊先生說，「我想，他們習慣你之後就好了。而且，我可沒有讓你的身體變得讓大家看得見的藥。」

「是嗎？謝謝您了。」白光笑了笑，他的聲音聽起來有些失望。他正準備轉身回店裡時，七月叫住了他，說道：「第一眼看見你，我就知道你是好人了，相信他們也會喜歡你的。」

「謝謝你，七月。」白光說，「上天會眷顧你的。」

第十一章

# 櫃子小精靈

七月又一次經歷了莊先生的店和家之間的特快專線，也許今天晚上貪吃了一點，七月覺得自己的肚子特別難受，裡面恐怕經歷了一場龍捲風，把她搖得全身不舒服。

回到家裡，迎接她和莊先生的是四眼爺爺的哭叫聲，就像鞋子擦到地板上的聲音一樣，讓人的心裡一驚。最要命的是，四眼爺爺的哭聲是逐漸降低的，正當七月慶幸四眼爺爺終於停了下來時，他又突然大聲的吼了起來。被四眼爺爺這麼一嚇，七月的肚子也安靜了下來。那團火焰張著大嘴，目光呆滯的在院子裡迎接莊先生，他向屋子裡飄去時，就像喝醉了酒的人一樣。顯然，他已經被四眼爺爺的哭聲給嚇傻了。

七月進到屋子裡時，發現裡面空空的。莊先生問火焰，其他人上哪兒去了，火焰的眼珠朝上翻了翻，無奈的說道：「他們都在樓上，恐怕正躲在被子裡，四眼爺爺的哭聲太要命了。如果您不介意，莊先生，我也想先上去了。」

莊先生對著火焰點點頭，火焰就像箭一樣朝樓上衝去，然後一頭撞到了牆壁上，那些牆都嗡嗡的慘叫起來，好像怕今晚的噪音還不夠奪人心魄。七月想，明天，那些牆壁上一定會有無數個火焰留下的「印記」。

「七月，你也先上去吧！我去看看四眼爺爺。」莊先生說著，朝著恐怕快被四眼爺爺哭聲震塌的廚房走去。

「莊先生，我也和您一起去。」七月說著，快步走上去跟在莊先生身後。

四眼爺爺正坐在爐子邊，他的嘴裡還叼著菸斗，不過仍張著嘴大聲哭號。真奇怪？不管他的嘴張得多大，菸斗都不會掉到地上。看來，他的菸斗是唯一能夠忍受他哭聲的東西了。

四眼爺爺左手邊的小圓桌上放著一小碟花生米，他哭號幾聲後，會伸手抓幾粒花生米扔進自己的嘴裡，然後接著哭。廚房的地面並沒有淚水，不過空氣倒是很溼潤，也許四眼爺爺的哭聲感動了廚房，它也想為四眼爺爺的傷心事痛哭一場吧！

莊先生和七月來到四眼爺爺的面前時，他哭叫得更厲害了，還把那一小碟花生米一股腦兒倒進了自己的嘴裡。趁他用僅剩的幾顆牙嚼著花生米時，莊先生坐在他對面的椅子上，問道：「四眼爺爺，你怎麼了？」

四眼爺爺用乾澀得再也擠不出一滴眼淚的四隻眼睛，望向莊先生和七月，然後痛苦的說道：「你們不會明白的！」說完，他又大哭起來。

「停下來，好嗎？四眼爺爺！」莊先生提高了聲音，「到底發生了什麼事？快告訴我們，我們會為你想辦法的。」

「不行了，沒辦法。」四眼爺爺的四隻眼睛裡終於都掉下了淚水，他又嚼了嚼嘴裡的花生米，說道：「我的櫃子小精靈走了！」

「我還以為是多嚴重的事，原來是櫃子小精靈啊！他也許只是出門轉轉，明天就回來了。」莊先生說。

「不會的，那小精靈很聽我的話，不會不打聲招呼就離開的。就算離開，也會在當晚回來。一定是我平時對他太嚴厲了。他晚上在房子裡逛來逛去，有時弄髒了地板，我會大罵他一頓，他一定是生氣了！決定到一個新家就提前告訴我一聲嘛！我會尊重他的決定，也會多為他準備一些他喜歡吃的花生米！現在，他走了，這些花生米只有我自己吃了！」說完，四眼爺爺又痛哭起來。

「你什麼時候發現小精靈不見了？」莊先生問。

「今天上午。從那時起，我一直在等著他回來，現在都快九點了，他一定不會回來了。」四眼爺爺說著，又鬼哭狼嚎起來。

「你再等等，不會有事的。櫃子小精靈很喜歡你，不會棄你而去的。而且，四眼爺爺，如果連你都覺得自己對櫃子小精靈不好，所以他要離家出走，那我店裡的那個櫃子小精靈恐怕早就走了！放心，他會回來的，沒事的！一切都會沒事！你說是吧？七月。」莊先生對著七月眨眨眼。

「哦，當然是這樣。」七月心不在焉的說，她想到今天發生的一切，又問道：「四眼爺爺，莊先生，你們說的櫃子小精靈，是不是身體黑黑的、圓圓的，一雙眼睛快把整個身體給占滿了的小傢伙？」

「對，是他，就是我的櫃子小精靈。」四眼爺爺說著，掏出了一塊深藍色的手絹，擦了擦自己的眼睛。

「七月，你在哪兒看到櫃子小精靈了？」莊先生問。

「莊先生，真對不起，恐怕您的櫃子小精靈也走了。」七月小聲說。

「他嗎？那個傢伙比其他櫃子小精靈要笨一點，每次都打不開櫃子的門，他想離開可能困難了些。」莊先生笑著說。

「是這樣的。今天棕皮先生來找您時，我去您的房間叫您，您不在。我聽到櫃子裡傳來響聲，便打開了櫃子門，放走了櫃子小精靈。」

「連那個小笨蛋也離開了？」莊先生的臉色突然變得很嚴肅，好像櫃子小精靈的離開會帶來很恐怖的事。

「莊先生，對不起，如果我不打開櫃子，他就不會逃走了。」七月小聲說。

「沒關係，七月。連我那笨笨的櫃子小精靈也想離開，看來真的會發生什麼事了。四眼爺爺，你不用難過，櫃子小精靈的離開，一定有他們的原因，這不是你的錯。明天我去千山鎮，到其他地方了解一下情況，看看那些櫃子小精靈怎麼樣。那時我們再想辦法，好嗎？」

「看來也只能這樣了。」四眼爺爺又擦了擦眼睛，看了看莊先生和七月，說道：「今天晚上，我讓你們操心了，真是對不起！」

「沒關係的，四眼爺爺，每年秋天，櫃子小精靈回流雲島探望姚望時，你都會難過好幾天。你很喜歡阿望，也很珍惜阿望送給你的禮物，這我知道。阿望要是知道你為了櫃子小精靈這麼傷心，她會擔心的。放心，沒有人會怪你的。」莊先生彈了一個響指，屋內又燃起幾支蠟燭，頓時亮了不少。「四眼爺爺，不要再難過了，好好休息吧！你的菸恐怕已經熄滅很久了，再抽上一支，然後就先把櫃子小精靈拋在一邊吧！」

四眼爺爺沒有說話，他掏出了菸草，對莊先生和七月說道：「我知道了，我不著急了，你們也先去休息吧！」莊先生笑了笑，站起來準備朝外面走去。七月還是呆呆在蹲在四眼爺爺身旁。莊先生問道：「七月，你現在不走嗎？」

「嗯，不走，我想陪陪四眼爺爺。」七月說。

之後，四眼爺爺帶著七月來到大門外的臺階坐下。他抽了幾口菸，說道：「冷靜下來之後，我突然覺得自己不應該大哭大叫，這樣只是讓家裡的人擔心與厭煩而已。我在想，恐怕我並不是特別難過，只是想讓莊先生來安慰、安慰我吧！這個家裡的人，都習慣了依賴莊先生。」

四眼爺爺說到這兒，歎了口氣，又笑了起來，抬起頭來望著天空中的星星。七月也望著星空，嘴裡說道：「不知我們那兒的星空和這兒的是不是一樣？」

「想家了吧？」四眼爺爺瞇著四隻眼睛說道。

「嗯，有一點。只是一點點。」七月雙手抱著膝蓋說道。「我是第一次離開家，離開媽媽和親人，感覺自己突然就不像自己了。我想，那個叫七月的孩子現在一定在家裡陪著媽媽和奶奶，她的生活還是像往常一樣，而我突然之間由七月變成了另外一個人，坐在這兒和您說話。我不是七月了，我也不知道此刻自己到底是誰。」

「這種感覺爺爺也經常有呢！」四眼爺爺笑瞇瞇的說，「有時候我剛剛進入夢鄉，突然心裡一驚，變得特別清醒，感覺以前的一切都像是剛剛作的一場夢，夢裡我是為大家做飯的四眼爺爺，可是我又想，夢外的我又是誰呢？還有，有時早上起床，看著周圍熟悉的一切，我也會問自己，昨天的我和今天的我是不是一樣的？這一百多年來，我改變了不少，那我怎麼還一直是我？」

「您的問題真奇怪。」七月笑著說，「如果我是您，您知道我最關心的問題會是什麼嗎？」

「什麼？是不是菸草什麼時候用光啦？還是什麼時候手發抖了，再也做不了菜了？」

「都不是！」七月笑著把頭轉向四眼爺爺，一本正經的看著他的眼睛，說道：「我最關心的會是，如果有一天您的那兩隻會飛的眼睛迷路了，再也飛不回來了，那該怎麼辦！」

「眼睛迷路了？」四眼爺爺重複道，然後哈哈大笑起來，笑得眼淚都流出來了。過了好一會兒，他才回過神來對七月說道：「你說得有道理，我怎麼一直沒想到這麼重要的問題呢？平常啊，我自己懶得去看，就讓眼睛飛過去幫我瞧瞧外面發生了什麼事。有時候那兩隻飛得還挺遠呢！不過，還好每次都平安回來了，我也就忽視了會迷路這個問題。」

「我剛剛又想到了，如果您的眼睛被壞人綁架了，您又該怎麼辦？」七月說。

「如果真的那樣，我就把我這輩子所累積的一切都交給綁匪，贖回我的眼睛。跟了我一輩子的東西了，離開之後，會感覺自己變得不再完整。」四眼爺爺溫和的說。

「不會有人想要綁架您的眼睛啦！因為您是個好人。」說著，七月又把頭埋進了膝蓋裡，盯著自己面前一隻跳來跳去的小蛤蟆。七月記得自己那隻叫阿滿的貓，每天晚上都喜歡在草叢裡尋找蛤蟆，和蛤蟆一起玩。阿滿會把蛤蟆銜在嘴裡，然後又放開。等到蛤蟆跑走時，又跑過去抓住牠。

「真想念阿滿和家啊！」七月小聲說，「可是，我也捨不得這裡。」七月想到自己有一天要離開這兒，心裡就像打翻了五味瓶。

「一直待在這兒也好，回家也好，最難過的就是離開這兒回家的那一瞬間。」七月想。

四眼爺爺的菸抽完了，天氣也變涼了，他決定進屋。不過，七月還想在外面坐坐，四眼爺爺只得陪著她啦！

七月將今天發生的事全都告訴了四眼爺爺，有時兩個人一起哈哈大笑，有時四眼爺爺跟著七月大罵那個棲霞樓的長脖子。七月把滿目的事也告訴了四眼爺爺，她希望四眼爺爺能告訴她一些有關滿目的事情。

「滿目認識我，我感覺自己也認識他，就是一時想不起來。我想告訴其他人，可是，我覺得我們倆的相識應該是個祕密。而且，也許，其他人也不會把這件事當一回事。」七月說。

「那我就沒問題嗎？」四眼爺爺問道。

「您當然沒問題！而且我真的願意把心裡的想法都告訴您！」七月說，「滿目在我的現實生活中是不是存在過，又有什麼關係呢？他在我的心裡可是個老熟人了。四眼爺爺，您說是吧？」

「聽你說話，比我還像個老人。」四眼爺爺說，「不過說起滿目，我對這個孩子倒是有一點了解呢！他兩年前來到千山鎮，以前住在哪兒，我可就不知道了。你也看到了，棲霞樓的員工幾乎都是妖怪，滿目算是個異類。他年紀小，可是相當聰明，琳琅老闆很信任他，他也透過自己的努力，得到了那些妖怪的信任。不過，這個孩子一直都是陰沉沉的，腦子裡好像總有事情。他見人不喜歡笑，也不喜歡說話，平時住在棲霞樓裡，很少到外面來。我和他只說過一次話，那是你來之前的兩天，他到這兒來找我，還是那個陰沉沉的樣子。我當時正在廚房裡面搗辣椒醬，他進來了，只對我說了一句話：『過幾天會來一個小女孩，爺爺，您會好好照顧她的吧？』我就說：『小孩子嗎？我最喜歡小孩了。如果她喜歡吃辣椒醬就更好了。』」

「我很喜歡吃辣椒醬！」七月插嘴道。

「這點我已經知道了，昨天晚上看你吃辣椒醬，真是眼睛都不眨一下呢！剛剛說到哪兒了？對了，我說完之後啊，他就跑出去了。那天，我一直覺得奇怪，到了晚上，我才想起他是棲霞樓的滿目。不過，他說的話是什麼意思，我怎麼也想不明白。直到兩天後，我的兩隻眼睛看到了孤孤單單站在院門口的你，才突然明白，他一定是想讓我好好照顧你吧！」四眼爺爺說道，「我所知道關於滿目的情況就是這些了，看起來他是你的朋友。說不定你馬上就會想起他是誰了。」

「我也希望。」七月說。她想到了滿目，突然又想到了坐在樹上男孩，那滿目會不會就是他呢？這不可能呀！滿目是這個世界的人，以前他們怎麼可能認識！難道，滿目到過七月的那個世界？

「我得把自己認識的那些男孩和滿目比對一下了。」七月心想，「那男孩坐的會是棵什麼樹呢？或許我應該像媽媽那樣寫寫日記，這樣十年後、二十年後，我經歷過的一切就算忘了，也能把它們找出來。」

四眼爺爺決定再吸一口菸斗，七月就靜靜的坐在他旁邊。她感覺自己的生活就像是球毛線，現在正有一雙無形的手，用這球毛線織著毛衣。毛衣的模樣也會是她生活的模樣。不過，那毛線很長、很長，似乎永遠也織不完。或許生活無意中將毛線球扔在她的腳邊，她只要抓住線頭，就可以抓住另外一個美好的世界。在那個世界，一切美好的東西都會永遠存在。

晚上躺在床上，七月一直想著今天遇到的一切人和事物，她想到滿目、熊、白色客人、櫃子小精靈、琉璃和她的鏡子。新的生活把它的多姿多采呈現在七月的面前，她已經沒有心思思索其他的事了。就在回想這些光怪陸離的事情中，七月進入了夢鄉。她不知道，沉睡的千山鎮也不知道，此刻，各家各戶的櫃子門都輕輕被打開了，裡面鑽出了圓圓的黑腦袋，他們四下望望，見周圍沒人，便跑進廚房裡，把食物儲藏櫃裡的東西塞進可揹在身上的小袋子，一直到塞得滿滿的，才滿意的離開廚房。然後，他們來到了窗戶前，跳上窗臺，跳到草坪上，然後，悄悄消失在茫茫夜色中。

第十二章

# 金老爹

　　七月又作了個稀奇古怪的夢，夢裡所有東西都亂七八糟的。然後，她聽到了滿目的聲音，從夢中醒了過來。這時天還沒亮呢！七月迷迷糊糊的，準備再睡一覺時，又聽到了滿目的聲音從窗戶外傳來。

　　「原來不是夢啊！」七月從床上爬起來，來到窗戶前往樓下望去，滿目正站在樓下望著她。她聽到滿目小聲說道：「你先下來，好嗎？」

　　七月趕緊穿好衣服下樓，四眼爺爺已經在忙了，廚房裡熱鬧得很。四眼爺爺的心情似乎也不錯，此刻正哼著小曲呢！七月小心的打開門，走出院子，滿目就站在外面的燈籠下等著她。

　　「你怎麼這麼早啊？」七月揉了揉眼睛說。

「棲霞樓每天都很忙，我只有早上和晚上才有時間。如果打擾你睡覺，真是對不起，七月。」滿目笑著說。

「你怎麼知道我住在那個房間？」

「前天晚上透過窗戶，我看到你在那個房間裡。先不要說這些了，來，跟我來。」滿目說完，拉起七月的手，帶著她朝那一大片草原跑去。那兒的草依舊很深，不過，滿目帶她走過的地方，已經被人開出一條路了。七月覺得自己和滿目就像兩隻穿梭在草叢中的貓。

滿目帶著七月一直來到了草原上的那條小溪邊。兩個人坐在溪邊，聽著溪水潺潺流動著，就像生活一樣，盲目又美好。七月和滿目就這樣坐著，像兩個認識很久的朋友，相互望啊望，不用說一句話，也不覺得尷尬。就這樣坐了好久，七月終於開口說道：「滿目，這是我的猜想，你先聽我說完。最近，來到這個世界之後，我總是想到坐在樹上的男孩。昨天，在琉璃的房間裡，那面鏡子照出我最期盼的是那個男孩。可是，在我的那個世界裡，我根本不認識他。滿目，那個男孩是你，對嗎？你去過我們那個世界吧？在那兒我遇見過你，對不對？」

「嗯，差不多是這樣。」滿目說。此刻東邊已經被染紅了，太陽也快升起來了。

「我在四年前去過那兒。你知道我到達的是哪兒嗎？就是你奶奶家旁邊的那片小樹林。當時我很害怕，雖然聽說過那個世界和小木屋的事，卻沒有想到會發生在我的身上。我還以為，自己被一種邪惡的魔法帶到了到處是魔鬼的森林裡。從屋子裡出來之後，我看到屋子消失了，就更相信自己是被魔鬼騙走了。我一個人在樹林裡走了很久，最後爬到一棵老樹上坐下。也不知道自己坐了多久，還時刻等著魔鬼會跑出來找我。我想離開那兒，可是覺得一點力氣也沒有。就在那時，我遇到了你，你大概六歲，穿著吊帶褲，頭髮還是和現在一樣捲捲的。你在找你的貓，牠的名字叫阿滿，對吧？我的媽媽也經常叫我阿滿，當我聽到你的聲音時，心裡覺得很高興，看到你之後，你顯然被我嚇了一跳。不過你很快就問我：『你坐在樹上幹什麼？』然後，我就告訴你：『因為我覺得地上很危險。』你回答道：『確實很危險，我奶奶說這兒有蛇，還有狼，還有壞人。』我到現在都還記得你當時一本正經的神情，想忘都忘不了呢！後來——」

「後來我還給了你一塊麵包，對吧？」七月叫道，「這件事我真有些忘記了，那時，我只覺得你是個腦袋有毛病的小孩呢！我想，你在找到那棟小木屋之前也看到了九隻貓，對嗎？你一定是跟著牠們吧？可是，我怎麼會跑到樹林裡去呢？真對不起，我完全想不起來了。」

「你說，你在找你的貓，我告訴你，我也在這片樹林裡找我的貓，我一共有九隻貓，沒錯，是牠們帶我找到了那棟小木屋。你一聽我說我有九隻貓還很嫉妒呢！然後，你就生氣的走開了。」滿目笑著說。

「原來是這樣！」七月不禁拍了拍手，不過，她馬上又裝作生氣的看著滿目，說道：「你昨天應該告訴我的，那樣我就不用想這麼久了，昨天晚上，夢中的我也在思考這件事呢！不過，話又說回來了，你怎麼知道我要去莊先生家裡呢？」

「這個嘛！你以後就會知道了。反正我就是知道，所以我想，你是不是從這片草原來到我們這個世界的呢？」

「對，就是這兒，我可得感謝那棟木屋，幫我選了這樣一個好地方。不像你，一個人孤伶伶的到了一片樹林裡。對了，滿目，你說，你是四年前去的，那你去了多久呢？什麼時候回來的？」七月問。

「去了多久？再久，現在回想起來也像是只有一分鐘。你離開之後，我又遇到了一對中年夫妻，他們沒有孩子，便收養了我。我在他們家裡待了很久，比我想像的還要久，不過，現在我回來了，一切都回到了正常的軌道。」說完，滿目笑了笑。

「待了很久？能有多久？不會超過四年吧？」七月嘟著嘴說，「你既然知道我會在哪一天到這兒，又知道我要到哪兒，為什麼我剛到這個世界的那天你沒來找我？看來，你說的都是騙人的！」

「我沒來找你當然是有原因的。」滿目說，「你現在十歲了，而且你一直都不是個只會哭的孩子。我想，當你回憶起你在這個世界的一切時，你會希望是自己獨自找到了生存下去的路。七月，你並不是個脆弱的人，很多事情你都做得很好，不用任何人幫忙。那天，你不就是一個人來到了莊先生的家嗎？而且還成功的留在莊先生的店裡工作，連棲霞樓的那些妖怪都很喜歡你呢！」

「那倒也是。」七月得意的回答，「不過，如果昨天我沒在棲霞樓遇到你，你就不打算和我這個老朋友打招呼了吧？」

「這次你錯了，昨天晚上我也來找你了。那時你和四眼爺爺在一起，看起來很開心，所以我就決定今天早上來找你啦！總之，你是我很重要的朋友，你也知道，我們都在各自的世界待過，這讓我們的友誼變得更加珍貴。」

「我很喜歡你們的世界，你覺得我們的世界怎麼樣？一定很無聊吧？因為我們都不會魔法，沒有妖怪，也沒有四隻眼睛的人，一切都很正常，太平凡了。」七月抱怨道。

「可是那兒也很好玩，你們那兒的人發明了不少東西，什麼車啊，飛機啊，電腦啊，在那個世界，閒暇時，我就和那兒的養父母一起去看電影，或者去划船。他們都很喜歡看書，我們常常一起待在書房裡，我看了不少你們的書，生活得很有意思，根本不需要魔法。」

「聽起來真不錯，等我回去之後我也試試。我以前不喜歡看書，既然你喜歡，我也會試著去喜歡的，因為我很喜歡你。」七月說。

兩個人又安靜了下來，七月不知怎麼就笑了起來。她正準備對滿目說話，滿目把手放在嘴邊，示意七月安靜。然後，他從地上爬起來，朝那棵大樹望去。七月也爬了起來，看了看滿目一本正經的樣子，又看看那棵樹，只見那兒突然出現了一道亮光，草叢裡好像被開出了一條路。

接著，七月看到很多奇形怪狀的妖怪從那亮光中走出來，其中有不少是棲霞樓的員工，七月還看到了脖子和臉都通紅的阿長。他似乎喝了不少酒，嘴裡說著一些亂七八糟的話，逗得他身邊的幾個妖怪都笑了起來。大概有三、四十個妖怪從光裡面走出來後，那道亮光又消失了。

「那兒是妖怪們的地盤吧？莊先生家的貓也去過，但是我就去不了。」當七月和滿目又坐下來時，七月說道。

「沒錯，妖精第十三大街，和棲霞樓一樣，是妖精的樂園。」滿目說，「一條並不長的街，不過，裡面的店鋪什麼東西都有，全是妖精們的最愛。入口處是九幅妖精畫的畫，那兒特別漂亮。每到夜幕降臨，那條街就開始營業，等到天快亮時，就關店休息。剛剛出來的，應該是最後一批顧客，天應該也快亮了。妖精都很喜歡到那兒去，隨便逛逛，喝上兩杯。只有到了星期五晚上，那條街才對人類開放，而且只開放到午夜十二點，大家就得離開。我們經常到那兒去。今天就是星期五，我會在晚上七點的時候到你們店裡找你，到時我們一起去，好嗎？」

「當然好啦！妖精第十三大街，那兒應該有不少妖怪吧！」七月高興的叫道。

「其中也有很多精靈呢！有些特別漂亮，不像棲霞樓裡的，要麼長得滑稽，要麼長得可怕。」滿目也笑了，「你到了那兒，一定能交上很多朋友呢！因為，見到你的人，沒有一個不喜歡你的。」

七月的心裡樂得開了花，從現在起，她就盼望著去妖精們的樂園了，那兒應該是妖精們的天堂。

隨著太陽緩緩升起，終於日出了，陽光照在七月和滿目的臉上，前一秒還在沉睡中的人們，在陽光的照射下，也都忙著開始新的一天。初升的太陽是那樣的溫柔、可愛，加上身邊還有一個好朋友，七月和滿目都不想馬上離開。他們決定在溪邊繼續坐著，兩人脫掉了鞋子，把腳放進溪裡，不時的，有魚兒來啄他們的腳，輕輕的，癢癢的，很舒服。

「再坐一會兒不要緊吧？」滿目問七月。

「嗯，莊先生不會生氣的。你呢？工作遲到一會兒行嗎？」七月問滿目。

「嗯，沒事，宋老闆是個好人。就算捱罵也不要緊。不過，什麼都不做，待在溪邊，消磨掉整個早晨，還有比這更無聊的事嗎？」滿目說。

「這樣到了幾十年後，我們就會為今天的無所事事後悔了，不過，後悔的時候，我們也會很開心。」七月說完，和滿目相視一笑。

兩個人又坐了一會兒，終於決定回去了。七月和滿目在莊先生家門前分手，進屋後發現，屋裡只剩下四眼爺爺和皮影了。正想抱怨大家不等她時，七月抬頭看了看鐘，原來已經八點了，也就是說，現在都開始營業半小時了！

七月急急忙忙搭乘莊先生的特快專線去店裡。還好，今天客人不多，大家都閒坐著，圍著同，看起來很高興。七月悄悄加入工作團隊，印和同看到她也沒有責怪她，還是很高興的談天。七月獨自來到櫃臺前，覺得自己只遲到了半個小時，可是，店裡好像發生大事了。

這時，同笑瞇瞇的來到櫃臺前，惋惜的對七月說道：「七月，今天真可惜，你遲到了，不然你可就發財了！」

「發什麼財？」七月好奇的問。她越是這樣，同越是要吊她的胃口，印這時也過來了，她和同看著七月，就是什麼也不肯說。

「求求你們快告訴我吧！」七月懇求道。

「好吧，看你可憐兮兮的樣子，我就告訴你吧！」印終於開口了，「事情是這樣的——店裡剛開始營業時，來了一個像氣球一樣鼓的傢伙。他穿著西裝，還打著領帶，可是襯衫的釦子都快扣不上了！那傢伙的頭髮染得花花綠綠的，就像個小混混。」

「我和同對他都很反感，不過，他長得實在太有喜感了。最重要的是，他的牙齒還是黑漆漆的！我們就像對待所有客人那樣接待了他，同在櫃臺為他服務。你知道他買了什麼嗎？膨脹劑耶！他那樣胖的傢伙竟然還會買這個，難道是想把所有比他瘦的人都變成他那樣的大胖子嗎？哈哈哈！」

印和同都哈哈大笑起來，其他的貓也跟著笑了起來。七月望了望走廊，幸好現在沒有客人來，不然莊先生的店明天一定得上報紙頭條——全體員工都瘋了。不過，話又說回來了，這樣吵鬧的員工，那些客人也不敢上門了吧！

等到印和同停下來時，同接著說道：「不過，那個傢伙真是慷慨，給了我兩個金幣的小費！是兩個金幣耶！我和印兩個月的工資加起來都不到兩個金幣呢！所以我才說，七月，如果你早點來，櫃臺一定是由你負責，那我的金幣就泡湯了！現在就不一樣了，有了兩個金幣，我準備去金朱家的店裡，拿它們在金老爹的面前晃上幾圈，到時候，那個掉進錢眼的老頭，還不乖乖的把另外一隻拳擊手套賣給我！」

「怎麼？這麼一大早就想照顧老爹我的生意了呀！」這時，走廊傳來了一個蒼老又歡樂的聲音，接著，一張比皮球還圓的臉出現在大家面前。

七月覺得他長得真滑稽，兩隻眼睛向外凸，如果不是眼鏡擋著，恐怕眼珠早就掉下來了；鼻子卻是又扁又長，嘴裡好像含著一顆糖。他的頭上一根頭髮也沒有，可是下巴的白色鬍鬚特別長，他還把鬍鬚在脖子上纏了好幾圈。老人穿著中國傳統的服裝，一雙黑色的布鞋上分別繡著一隻齜牙咧嘴的大白兔。此外，他的手中還拿著比自己高出一顆頭的枴杖。老人進了大廳就盯著七月，然後笑瞇瞇的朝她走來。

「金老爹，您來幹什麼？」印和同走到金老爹身邊，一人站在他左邊，一人站在他右邊。同不停的拋著那兩個金幣玩，金老爹的眼珠則咕溜溜的跟著金幣轉。

「同，怎麼樣？想不想到老爹我的店尋尋寶？」金老爹的眼珠變成了金幣的樣子。

「去您的破店啊？我還不如去棲霞樓轉轉呢！」同故意把金幣在金老爹面前晃了一晃，金老爹的手忍不住伸了出去，想抓住那兩個金幣，可是同又把金幣收了回去。金老爹是又氣又恨，雙手摩挲著對同說道：「棲霞樓現在可去不得，我的孩子。聽說，店裡今天早晨發現有廚師失蹤了，鬧得正厲害呢！三個都是出名的妖怪大廚，棲霞樓的招牌菜都出自他們手裡，你此刻去，可什麼都吃不上！」

「啊？這是真的嗎？」印好奇的問。

「當然是真的，老爹我是誰啊？千山鎮的消息之王啊！你們這些丫頭，整天被莊重那小子鎖在店裡，下班之後又離開鎮上，完全不了解我們千山鎮正在發生的事呢！」

「切！我們當然能了解，只不過今天客人都還沒來，只來了一個，還是個可笑的傢伙。」同不屑的說。

「客人沒來你們知道原因嗎？」金老爹得意的說。

「發生了什麼事？」印和同齊聲問道。

「一個金幣！」

「切！我們還不如自己出去打聽呢！不說拉倒！」印和同一起把頭扭開。

「是這樣的，今天早上大家起床後，發現自己家的櫃子門都被打開了，以往那些該躺在櫃子裡睡大覺的小精靈都不見了！」

「不見了嗎？」印叫道。

「我還以為只有四眼爺爺的小精靈離開了呢！」同說。

「為什麼他們都離開了？」七月問。印與同把頭一齊轉向金老爹。

「這個我可不知道。大家現在正議論個不停呢！還有不少人去蜈蚣巷找金錢草婆婆算命。她那隻算命蟲的八條腿可能已經被她拔了好多次了吧？不知道那隻整天營養不良的蟲子，會不會因為太累而一命嗚呼了。我經過時，蜈蚣巷子外都站滿了人，看來，現在只有金錢草婆婆能決定我們千山鎮的命運了！不行，我得趕緊叫金朱辭掉在棲霞樓的工作，到金錢草婆婆那兒當學徒，這樣以後一定會賺翻的！」

「金老爹，您的決定是對的。您那寶貝孫子到了那兒，有兩個好處：第一，他被那個老太婆纏住，就沒有心思整天往我們店裡鑽了；第二，就是為金老爹您考慮了。我聽說啊，去年您去找過那個老太婆，她說您這幾年運氣簡直無人能擋啊！結果，最近兩年您賭錢老是輸。如果金朱當了占卜師，那他一定會不顧爺孫情，直言您的運氣有多差，那樣您輸了再多的錢，都能有個心理準備了！」同說完，和印都哈哈大笑起來。金老爹的眉毛倒豎，看了看印，又看了看同，叫道：「兩個死丫頭，一大早就盼著我輸錢！」

七月在一旁也笑了起來。金老爹突然轉過頭來瞪著七月，七月嚇了一大跳，趕緊摀住自己的嘴。不過，金老爹馬上又露出了笑容，那笑容太過和藹可親了，讓七月起了一身的雞皮疙瘩。

「差點忘了我此行的目的了！」金老爹盯著七月說道。

「您來幹什麼？」印笑道。

「我們這兒可不賣什麼會讓您走狗屎運的魔藥啊！」同說。

「我這次是專門來找七月的，你是叫七月吧？小姑娘。」金老爹還是盯著七月，雙手在櫃臺上敲個不停。

「對，我是七月。請問您需要什麼？」七月趕緊問。

「這個嘛！是這樣的。最近這段日子，我的運氣特別不好，賭錢老是輸，我就去找了金錢草老婆子，她給我開了張好運劑的方子，只要配出那樣的藥，我就逢賭必贏啦！爺爺我這些天一直在收集方子上的藥材，現在只差一味藥了。」金老爹說到這兒，停了停。

「什麼藥？」七月問。

「我猜一定是狗屎！不然您怎麼走狗屎運呢？」印和同齊聲說，雙胞胎的默契有時真讓七月嚇一大跳。

「閉嘴，你們這兩個臭丫頭！你們就不能像那幾隻貓一樣規規矩矩的嗎？」金老爹吼道。七月看了看，那幾隻黃貓都趴在桌子上，阿芒更好笑，四腳朝天，七月問印與同他們怎麼了，印笑著說：「昨天悟那個黑面怪來搜查我們的店時，那幾個傢伙喝了太多四眼爺爺特別製作的助消化飲料，拉了一整晚的肚子，現在有力氣才怪呢！也幸虧今天客人不多，不然，這幾隻小貓的小命都難保啦！」

「莊先生沒讓他們休息嗎？」七月驚訝的問。

「七月，今天我們誰都沒見過莊先生。」同說。

「孤影怎麼也不在？」七月又問。

「剛剛還在的，不知道去哪兒了。孤影和皮影一樣，做什麼事之前都不喜歡先跟人說。這兩隻貓真像影子一樣，平常冷冰冰的，只聽莊先生的話。」同說。

「你們不要自顧自說話，這兒還有一個活生生的人呢！」金老爹插嘴道。

「您繼續說吧！老人家，我們不想讓您死後留下什麼遺憾！」同尖酸的說。

「你！」金老爹瞪了同一眼，又扶了扶自己的眼鏡，看著七月，繼續說道：「剛剛說到了好運劑還差一味藥材，那就是白煙果。那東西以前我倒是有兩顆，不過覺得沒有什麼用，就把它們給扔了，現在我後悔死了。我在好多地方都沒找到那果子，昨天聽金朱說你有幾粒，就想著，你能不能把它賣給我。看在你和金朱的交情上，你不會拒絕吧？」

「我只跟金朱見過一面，認識而已，和其他客人一樣。」七月說。

「爺爺會出錢買的，你看我這樣子，也不像沒錢的老頭子吧！而且等我贏了錢，也會分給你的！」

「切！少騙！」印和同說完，還對金老爹吐吐舌頭。

「我不需要錢，我有工作，有薪水。」七月說。

「啊！不要錢的丫頭嗎？」金老爹叫道，「你放心，爺爺會給你很多錢，而且馬上就給！」金老爹說完，努力掏著自己的口袋，最後只找到——三個銅板。

「您的誠意可真單薄啊！」同感歎道，又故意把那兩個金幣在金老爹面前晃了晃。

「你等著，爺爺去店裡拿錢！」金老爹說完就要回去，七月叫住他，說道：「爺爺，我真的不要錢，我也不想賣掉那些果子，那是客人送給我的禮物。如果他下次來時知道我賣掉它們，一定會很難過的。」

「那你看爺爺老是輸錢就不難過？」金老爹的表情看起來很痛苦，他的痛苦源於當他需要眼淚時，一滴眼淚也流不出來。

「您可以戒賭嘛！那樣就不會輸錢了！這才是一勞永逸的方法。」七月笑著安慰金老爹。

「哪有那麼容易的事啊！」金老爹歎了口氣，「明知道戒掉之後生活會好很多，可是邁出那一步真不容易！聽金朱那小子說你有三顆果子，是吧？就賣給爺爺兩顆行不行？」

「這——」七月不知該如何回答，拒絕別人也是不容易的事。

「我看，要不這樣吧！」同提議道，「七月，金老爹的店裡可是有不少好東西，天上的、地上的、水裡的、現實生活中的、夢裡的，什麼東西都有，你去看看吧！說不定能看到你喜歡的呢！那時，你就慷慨的給這個老賭鬼兩顆果子，怎麼樣？」

「好主意。別的我不敢誇口，要說那些玩意，我可是多著呢！」金老爹得意的說。

「這個倒是不錯。不過，如果我看到了很多喜歡的東西，可不可以都拿走？」七月問道。

「這個嘛——」金老爹摸著自己的鬍鬚，要想讓鐵公雞決定在自己身上拔毛可真是不容易。

「兩三件就行了。放心，我不會把您的店搬空的！」七月笑著說。

「這還差不多。」金老爹仔細打量了七月一下，心想，這樣大的孩子哪懂得什麼值錢不值錢的，就欣然同意了。

現在店裡客人很少，七月就跟著金老爹高高興興的去他那家店了，當然，她的手裡還緊緊抓著裝白煙果的小玻璃瓶。

第十三章

# 帽子

街上的人看起來都憂心忡忡，大家全在議論著自己家的櫃子小精靈，有感情脆弱的，就像四眼爺爺一樣，正一把鼻涕、一把眼淚的訴說著；也有心腸硬的，覺得自己總算擺脫了那個獨占一個櫃子、只知道偷東西吃、什麼也不幹的小精靈。

然而，櫃子小精靈一直是千山鎮人心中的福星，如果有一家人的櫃子裡沒住著小精靈，那他們就覺得自己的人生沒受到祝福。如果一間房子裡住著兩個櫃子小精靈，那間房子就成了大家最理想的居住地了。因此，所有人一致認為，櫃子小精靈的離開，會給他們——甚至是千山鎮帶來巨大的災難。那災難是什麼，大家心裡都不清楚，千山鎮一直都是個寧靜的小鎮。到了這時，最重要的當然是那些故弄玄虛的人啦！

七月和金老爹經過一條小巷子時，看到那兒擠滿了人，那些人臉上的表情又是擔憂又是虔誠，不用問也知道，現在他們來到了蜈蚣巷，就是金錢草婆婆的住處。聽說，金錢草婆婆依靠一隻八爪蟲算命，她每次幫人算命，就從八爪蟲的八條腿中選擇一條扯下，那條腿離開身體後會動個不停，金錢草婆婆就可以從腿擺動的次數和方向看到一個人的命運。而那隻八爪蟲的腿，過兩分鐘便會再長出來。

另外，金錢草婆婆比金老爹還要吝嗇，從來不肯給自己的夥伴足夠的營養，那隻八爪蟲每天拚命工作，現在都快神經衰弱了。七月剛剛還聽金老爹說，有一次，他有一個賭桌上的朋友去那兒尋問未來的財運，金錢草婆婆扯下的那條八爪蟲的腿，剛開始竟然跳上了天，可是馬上又掉在桌子下面。金錢草婆婆看了後，長歎一聲，說道：「這位朋友，你的財運馬上就要到了，可是它去得比你想像的還要快。」過沒兩天，那個人就贏了一大筆錢，但是還沒離開賭場，他就因為高興過度，心臟病發作，當場就死了。大家在為他的命運感到惋惜時，更相信金錢草婆婆臨時想出來的話了。現在，金錢草婆婆就像是一塊糖，吸引了眾多螞蟻，說不定那隻八爪蟲都快吐血身亡了。

「不行，我得把金朱抓來這裡當學徒，不然以後鎮上人的錢，說不定全都會被這個死老婆子收進她那個無底的大口袋了！」金老爹看著那一堆人，眼珠都要掉出來了。

「我才不信什麼所有櫃子小精靈離開就會帶來不祥的事呢！那些小精靈可沒把自己當成福星，是你們想太多了。我想啊，他們應該只是出去旅行，很快就會回來了。就算有什麼災難，這些人也應該光顧我們的店，買些魔藥防身，找這個老太婆一點用也沒有！」七月心想。

金老爹的店在長蛇巷，果然名副其實，那條巷子就像蛇一樣彎來彎去，七月很喜歡這種巷子，因為你永遠不知道下一次轉彎之後，出現在你面前的是什麼。她想到了一句伯伯教她的舊詩：「曲徑通幽處，禪房花木深。」

不過，七月對長蛇巷的期望顯然太高了！金老爹那奇奇怪怪的店，自然是開在奇奇怪怪的地方。用金老爹的話說，七月和他是從蛇尾巴進來的，而金老爹的店在蛇頭那兒，是長蛇巷的門面和代表。七月想，所謂的代表，會不會是金老爹的店裡剛好養了一條世界上最長的蛇？

從蛇尾走到蛇頭，七月擔心自己快承受不住過度的驚嚇——這兒的所有人都是些怪人。例如，蛇尾巴那兒有一家蛇店，專門賣寵物蛇，店主人請了個伙計在店門口迎接客人，為了展現該店的特色，那伙計特別圍上了一條黃色的真蛇圍巾，見到七月和金老爹走過，他露出兩排潔白的牙齒笑個不停，那蛇也就不停的對著七月吐信；在一個門口種滿玫瑰花的房子裡，走出來的不是美麗、高貴的小姐或夫人，而是個粗俗的女人，她的手臂上爬著一條毛毛蟲，手裡拿著一個碗，碗的邊邊上沾滿綠色的汁液，後來金老爹告訴七月，碗裡裝的是毛毛蟲。總之，巷內的每個地方都會有些讓人驚嚇得眼珠差點掉出來的東西，七月覺得自己最好還是不要再到這個地方來了。

終於快走到蛇頭了，七月總算鬆了一口氣，但剛剛見到的那些噁心又可怕的場景，還清晰的保存在記憶裡，想擺脫它們可不容易。

金老爹有一個很小的門面與一個特大號的店員，完全可以吸引路過者的目光。那位店員是個相當笨拙的傢伙，正站在店門前，看到七月和金老爹走來，呵呵的傻笑，想讓出空間讓他們進去，可是，不管他是向左移還是向右移，都只能讓身後的門露出一條小縫。最後，他還把金老爹店門口的兩盞燈籠給撞了下來。他趕緊伸手去接，抓住了一盞，但是用力過猛，竟然把燈籠捏壞了。

金老爹走過去，氣呼呼的仰著頭（他的頭只到那店員圓滾滾的肚子），瞪著自己員工的臉。他扶了扶眼鏡，厲聲叫道：「大蚊，你站在門口幹什麼？把門都堵死啦！這樣客人怎麼進去？還有，我的燈籠，這可是要從你的薪水中扣的！」

「老爹，不要再扣了。我來了四個月，從來沒領過薪水！」那個叫大蚊的人可憐兮兮的說道。七月也為他難過了，於是狠狠的瞪了金老爹一眼。

金老爹還在不停的嘮叨，邊說邊把大蚊那龐大的身體推向一邊。

「要不是金朱非要跑去什麼棲霞樓，我才不需要請伙計呢！笨得像豬一樣！

虧我還像對待親孫子那樣對你！」聽金老爹的語氣，很有「恨鐵不成鋼」的感覺，其實他只是可惜自己的兩盞燈籠而已。

最後，金老爹無法把大蚊推開，竟然把他塞進了店裡。屋子裡光線很暗，七月只聽到一陣乒乒乓乓的聲音，心想，大蚊今後一年的薪水應該都沒了吧！金老爹站在店門口，雙手扠著腰，把屋內的大蚊訓了一頓，看他那頤指氣使的樣子，七月真想在這個老頭子的屁股上留下兩個腳印。

金老爹總算訓完了大蚊，轉過身來笑瞇瞇的看著七月，說道：「好了，走吧！進去選東西。」

金老爹再一次轉過身時，七月朝他翻了個白眼。這時，巷子口傳來了七月熟悉的聲音：

「西瓜！」

「快跑！」

七月的腦子裡立刻閃現出三個圓圓的身體，臉上不禁有了笑容。她轉過頭時，看到西瓜三兄弟正朝這邊跳來，老大丁丁當的嘴裡還叼著一面鏡子。那面鏡子是葫蘆形的，七月記得很清楚，那是琉璃指給自己看過，她十歲時得到的那面鏡子。三顆西瓜看起來好像很高興，瓜皮都閃著亮光。但是，他們看到微笑的七月時，明顯像是受到了驚嚇，跳得比房頂還高，還大叫一聲，然後飛快的往街道對面跳去。

「西瓜，別跑啊！」七月叫道，也不管金老爹的屁股了，只是跟著三顆西瓜跑去。

西瓜三兄弟跳得特別快，而且專挑那些狹窄的街道。七月跟在他們後面，穿過陌生的街道，撞倒了人也來不及道歉，就這樣一直跑、一直跑。七月問自己為什麼要追上他們。她也不知道，「不得不承認，這樣挺好玩的！」七月心想。

三顆西瓜跑進了一條小巷子，那是一條死巷，盡頭便是棲霞樓的後門。他們打算溜回自己的大本營了。

因為沒有手，三顆西瓜開門有些困難。七月趁這個機會抓住了門把，搶走了丁丁當嘴巴裡的鏡子，然後一屁股坐在門口的臺階上，看著西瓜三兄弟，得意的說：「進不去了吧！現在，有誰能告訴我，你們到底在跑什麼？這是琉璃的鏡子，怎麼會在你們嘴巴裡？你們到底想幹什麼？」

「和你的目的一樣。」丁丁當說。

「想在金老爹的店裡買點東西。」丁當當接著說。

「是三頂相當有趣的帽子。」當當當說。

「帽子？」七月看了看三顆西瓜，「是你們要帽子嗎？」

「當然，那三頂帽子的頂上有一顆小圓球，它會聽主人的話。」丁丁當說。

「你想讓帽子伸長它就伸長。」丁當當補充道。

「你想讓帽子上的圓球揍人它就揍人。」當當當叫道。

「怎麼樣，是不是很棒？」三顆西瓜齊聲說。

「我可沒覺得有什麼好，不過，對於沒有手的你們來說，應該很有用。可是，你們為什麼要偷琉璃的鏡子？」七月嚴肅的問。

「你應該知道吧？金老爹是個可惡的老頭子，是個一毛也不肯拔的鐵公雞！」丁丁當氣憤的說。

「你知道三頂帽子他要收我們多少錢嗎？三個金幣！」丁當當叫道。

「我們兄弟三個半年的工資也才六個金幣而已！」當當當委屈的說。

「金老爹確實很過分，我看他對待自己的員工大蚊的態度，恨不得踹他兩腳！真可惡！」七月咬牙切齒的說道。

「因為帽子在那個奸商的手裡，我們只好想辦法籌錢啦！那個老頭兒聽說琉璃有很多鏡子，就叫我們隨便拿一面鏡子來換帽子。」丁丁當說。

「我們去琉璃的房間觀察過很多次，決定拿走最小的這一面，這樣琉璃的損失就不會太大了。」丁當當說。

「可是，你們這樣做是不對的！」七月生氣的說，「琉璃的鏡子，再小也是她的呀！你們怎麼能隨便拿走？就為了三頂帽子！當然，我的意思不是說你們的帽子就不重要了，只是你們偷東西就是不對的！金老爹已經很討厭了，你們聽他的話去偷鏡子，也和金老爹一樣讓我討厭。鏡子我沒收了，我會找機會偷偷放回琉璃的房間。至於你們三個也不要沮喪，我呢，剛好可以幫你們。你們也不用拿什麼來換，帽子就是你們的了。」

「真的嗎？」丁丁當叫道。

「可以嗎？」丁當當叫道。

「太好了！」當當當又跳了起來。

七月又和西瓜三兄弟一起往長蛇巷走去，途中經過了一個被他們打翻的水果攤，看老闆的樣子，是要把三顆西瓜抓住賣了才消氣。來到金老爹的店門口，他還在訓斥大蚊，而且，好像把七月突然跑掉的事也算在大蚊頭上了。如果七月再不出現，大蚊這輩子的薪水可能都要被扣光了。

七月帶著三顆西瓜來到店裡，看到金老爹坐在一把老舊的椅子上，前面的桌上放著一隻特大號的青蟲，那隻青蟲嘴裡還不斷吐出圓圓的豌豆。當豌豆吐出來時，金老爹就張開嘴，把豌豆接住。七月覺得，自己在這兒要是再待上一分鐘，可能就會噁心得吐出來了。她現在終於明白金朱為什麼想盡一切辦法都要離開這家店了，金朱一定認為自己投胎的時候瞎了眼吧！。

見七月回來了，金老爹很高興；見三顆西瓜嘴巴裡什麼也沒有，金老爹很生氣。但是，七月把鏡子從口袋裡掏出來時，金老爹的眼珠都要掉出來了。她把鏡子在金老爹面前晃了晃，說道：「鏡子以前是琉璃的，現在也是琉璃的，將來還是琉璃的，不是您的！至於我要選什麼東西嘛！剛剛我已經想好了，我要這三顆西瓜看中的帽子。只要這個，您快把它們拿出來吧！我覺得肚子有些不舒服了。」

「好吧！既然你決定了，等我一下。」金老爹又透過鏡片望了三顆西瓜一眼，再拍了拍青蟲的頭，青蟲的嘴巴終於閉上了。金老爹很滿意，這才轉身朝裡屋走去。他好像怕別人偷走了他的寶貝，走到門邊時，飛快的轉過身，透過他那厚厚的鏡片又望了七月和三顆西瓜一眼。他一進裡屋，還將身後的門給死死的關上。

「金老爹，您可不能把自己關在裡面，在帽子內加上什麼不好的東西喔！」七月大聲說。說完，七月突然有了一個想法。她看了看櫃臺後的架子，在那堆破破爛爛的東西裡面發現了一個裝著透明液體的瓶子。七月踮起腳來到櫃臺裡面，可是怎麼也拿不到那個瓶子。這時，一隻肥肥、圓圓的大手拿下了那個瓶子，七月回頭看，原來是大蚊。

大蚊把瓶子遞給她，七月看到瓶子上的標籤寫著「噴嚏劑」，標籤上面還有一片紅色的葉子，這是莊先生魔藥店的標誌。七月對大蚊笑了笑，伸手拿出自己裝白煙果的瓶子，把噴嚏劑噴在其中兩顆果子上，然後大蚊又將瓶子放了回去。

七月回到桌子前，和三顆西瓜一起偷偷的笑了起來。當當當太高興了，從地上跳了起來，不巧落在了那隻青蟲身上，那隻青蟲的嘴突然張開，然後不斷的向外噴射豌豆。金老爹這時正好走出來，豌豆全都噴在了他的臉上。七月和三顆西瓜終於忍不住了，哈哈大笑起來。整個交易都是在七月與西瓜三兄弟的笑聲中完成的。等到七月和三顆西瓜離開時，金老爹的臉上還有好多粒豌豆呢！

「真想看看加了噴嚏劑後的藥有什麼效果，不會很恐怖吧？不然老七為什麼害怕噴嚏劑呢？希望金老爹能一直打噴嚏，這樣他就沒時間去賭錢了。」七月想。她可不希望噴嚏劑帶來太嚴重的後果，這樣她的惡作劇就太過分了。但想到自己所作所為能為大蚊出口氣，她也就不覺得心裡不安了。

三顆西瓜可沒空理會七月的自言自語，他們正將自己新買的帽子伸得長長的，打來打去呢！

第十四章

# 哈拉

七月對西瓜三兄弟怎樣拿到鏡子很好奇。

「今天琉璃一早就出去了。」丁丁當說。

「她出去了，和誰？莊先生嗎？」七月忙說，「我們莊先生也是一大早就不在店裡。」

「不是。她一個人，看起來很嚴肅。」丁當當說。

「哦，是嗎？那她現在回來了嗎？如果沒回來，你們就快些把鏡子放回去吧！」七月說到這兒，又想到了另外一件事情，便問道：「聽說，你們店裡的三位大廚失蹤了，這是怎麼回事？」

「我也不清楚，反正今天早晨他們一直沒來上班。這三個大妖怪都住在店裡，他們的房間裡也沒有人。其實也不能說他們是失蹤了，以往也經常出現這樣的情況，他們常常遲到，有時一整天都不來，我們已經見怪不怪了。」丁丁當說著，笑了起來，「這三個懶蟲可是我們棲霞樓最好的廚師，因為這樣，宋老闆才沒有解雇他們吧！」

「不過也有可能是真的失蹤了呀！你們想想，棲霞樓生意這麼好，那三個一定是同行的眼中釘，搞不好是有人想整垮棲霞樓。不過啊，我看他們幹了也是白幹，只要宋老闆在，棲霞樓就永遠會是千山鎮最棒的。」七月邊走邊說，這時，她和三顆西瓜正穿過棲霞樓對面的巷子，棲霞樓的招牌已經很清楚了。

「你說的也有道理。」丁丁當說。

「那你們可得注意安全啦！你們可是棲霞樓最有人氣的員工，那些人可能會把你們搶走的喔！」七月故意說道。

「這你就不用擔心了，一般的飯店都不會留下我們三個的。」丁當當得意的說。

「這是為什麼？你們是憑什麼當上最有人氣的員工？」七月問。

「插科，」丁丁當說。

「打諢，」丁當當說。

「逗笑。」當當當說。

「總之是給客人和員工帶來快樂。」三顆西瓜一起驕傲的說。

「唉，好吧！如果是我，我也會選你們當最有人氣的員工。你們呀，一天二十四小時都在搞笑，工作時間最長也最賣力，不選你們選誰呢？所以你們更應該注意安全啦！有眼光的老闆會看重你們的價值的。好了，你們快回棲霞樓，把鏡子放回琉璃的房間，然後好好享受你們的帽子吧！注意，一定要神不知、鬼不覺，如果琉璃沒有發現什麼異常情況，就什麼也不要對她說。我呢，也得回去工作啦！雖然大家都跑去找金錢草婆婆了，不過，一定還是有理智的人，會覺得買點莊先生的魔藥更有用。」七月在棲霞樓對面對西瓜三兄弟說道。

就在這時，七月和西瓜三兄弟聽到棲霞樓那兒傳來了吵鬧聲，當然，阿長的聲音也很快被七月發現了，然後準確的鑽進了她的耳朵。

「發生什麼事了嗎？」七月問。

「走，去湊湊熱鬧！」三顆西瓜說完，就朝大門跳去，七月也跟著往那兒跑。

店裡很吵，可是門口的那隻熊似乎絲毫沒有受到影響，依然對著每一個客人點頭致意。他頭上的毛已經染成綠色了，現在看起來既笨拙又滑稽。棲霞樓的大廳裡聚集了很多人，滿目也站在樓梯口。

七月不知道那三顆西瓜跑去哪兒，趕緊來到滿目旁邊。這時她才發現，大家都圍在一個頭髮花花綠綠的客人身邊。這位客人穿著西裝，打著領帶，襯衫上的一顆釦子已經掉了。他的嘴裡似乎塞滿了東西，正在咀嚼。他長得真是滑稽、好笑，不管怎麼看——上看、下看，左看、右看，都像印和同說的那個客人。

「發生了什麼事？」七月問滿目。

「剛剛來的一個滑稽客人，正在表演不剝皮吃橘子。」滿目笑著說。這時，那個客人從嘴裡吐出一大堆橘子皮，大家都拍手叫好，七月也跟著拍手，雖然她覺得這些妖怪真的很無聊。那個滑稽客人很得意，在大廳裡轉了一個圈，張開雙臂向大家示意，然後指了指大廳裡的一個小門。阿長伸長了脖子望著那扇門，就在這時，那位客人張開嘴巴，把橘子的籽朝那扇門吐去，阿長因為脖子收得太慢了，左臉還留下了幾粒這次精采表演的紀念品。

「金朱哥哥，快下來，這兒真好玩！」一個稚嫩的聲音從樓梯上傳來。七月轉過身一看，原來是宋老闆的女兒，她正從樓上下來，金朱這時也從二樓冒出了一個頭。他一眼就看到了七月，連忙把頭縮回去，叫道：「沒什麼好玩的，我就不下去了！」

「不行，我要你下來！」小公主大聲說道，把大家的目光都吸引過去了。「媽媽出門的時候要你好好照顧我的！」

「對呀！金朱，得罪了我們的小老闆可是會被扣薪水的喲！」一個妖怪說道。大家都笑了起來，七月也跟著大家取笑金朱。金朱又氣又惱，只好硬著頭皮下來。

宋老闆的女兒阿裡站到滿目旁，金朱也跑過來站在七月身邊，笑著說道：「七月，好久不見。你不要理會那個小孩子，我還是最喜歡你的！」阿裡見金朱對七月笑，很生氣，叫道：「我媽媽讓你陪我玩，可沒讓你陪她！」

「我才不要他陪我玩呢！有滿目就已經很好玩了！」七月也對著那個小女孩叫道。金朱沒辦法，又跑過去站在阿裡旁邊。阿裡這才滿意的朝那位客人叫道：「你除了吐橘子皮，還會做什麼？」

「哈拉！當然有更好玩的！」那個客人笑著看了看他周圍的人，大家的眼睛裡滿是期待，阿長早就清理乾淨臉上的橘子籽了，他一點也沒吸取教訓，脖子伸得更長了。那個客人從口袋裡掏出一個瓶子，打開瓶蓋，吞下了一粒藥丸。大家都期待著會發生什麼事。三顆西瓜不知何時已經跳到了客人面前，大聲叫道：「好玩！好玩！」

就在這時，那個客人大叫一聲：「哈拉！」然後，七月就看見他那本來已經圓滾滾的身體又急速膨脹，頭和四肢都被埋進身體裡了。七月明白了，這確實是今天到莊先生店裡的客人，他剛剛服下的藥一定是膨脹劑。大家都向後退了幾步，等著看接下來會發生什麼事。突然，那個客人張開嘴巴吼起來。他的嘴巴越變越大，最後整個身體都快被張開的嘴巴占據了。

七月正準備告訴滿目膨脹劑的事，沒想到就聽到滿目說道：「糟了，不是什麼好客人！」然後，又對大家喊道：「大家快讓開！」

所有人聽到滿目的話，又看到那位客人的異常反應，都迅速閃開了。只有三顆西瓜還覺得好玩，待在那兒跳上、跳下。接著，那個怪物的大嘴就朝裡猛吸，把三顆西瓜吸進了他的肚子裡。

「啊——」大家都驚恐得叫起來，有人還飛快的跑進小門裡躲起來。七月也被嚇了一跳，滿目拉著她的手，把她藏在自己的身後，然後對那個客人說道：「請您把他們吐出來！」

那個客人聽了滿目的話，眼睛睜得大大的，把嘴巴都擠小了。他看了看滿目，滿目趕緊把七月伸出來的頭按回去。客人又看了看阿裡和金朱，阿裡嚇得大叫起來，拉著金朱的手往樓上跑。那位客人看著逃跑的兩個人，眼睛彎成了月牙形，嘻嘻的笑了起來。他覺得更好玩了，猛吸了一口氣後，身子脹得更大了。他似乎很滿意自己現在的樣子，在地上跳了跳，整座棲霞樓都隨著他跳了起來。他更高興了，又跳了好多下，七月、滿目和體重比較輕的妖怪也跟著他彈跳了起來。

「請您不要這樣，先生，這兒是棲霞樓，是大家吃飯的地方，不是您的遊樂場！」滿目大聲的說。

那位客人停了下來，轉過頭去看著滿目，眼睛咕溜溜的轉個不停。七月又把頭伸了出來，客人看到了七月，愣了愣，歪著頭，似乎在想著什麼。然後，他指著七月說道：「哈——拉？」過了一會兒，他點了點頭，伸出自己那被擠進身體裡的手把七月纏住。滿目想把七月搶回來，卻被那位客人一把甩開了。

「哈拉！哈拉！」那位客人叫道，把七月放在他的肩膀上。七月嚇得一句話也說不出來。她轉過頭時，正好看到客人那長滿細絨毛的臉，還有他那圓圓的鼻子。那個客人似乎也知道七月在看著他，把頭轉過來對著她咧嘴笑了。

七月趕緊把頭轉過去，一動也不敢動。這時，滿目在那邊大聲叫道：「快把七月放下來！」

「哈拉？」客人看著七月，說道：「你叫七月？」

「我是七月，求求您放我下來吧！我又小又瘦，血是苦的，肉是酸的，骨頭又硬，一點也不好吃。」七月哀求道。

「真的嗎？怪不得我那些食肉的朋友不喜歡吃人肉呢！放心，我不吃你，我有一個朋友想見見你。」客人說完，把手伸進自己的西裝口袋裡，掏出了一個東西，他把那東西一把握在手裡，放在七月面前。

原來，客人手中握的是一隻櫃子小精靈，他在手掌裡跳個不停，似乎很高興。七月把櫃子精靈抱在懷裡，說道：「你是昨天的那個小精靈嗎？是莊先生店裡的小精靈？」那個小精靈聽了，頭一直點個不停，然後和那個客人一起嘻嘻嘻笑了起來。七月也笑了起來，不過，馬上又嚴肅的對客人說道：「您可以把那三顆西瓜吐出來嗎？他們是我的朋友。」

「當然可以，可是我不知道怎麼吐出來。」客人摸了摸脹脹的肚皮，笑著說：「吃了膨脹劑，肚子裡現在空空盪盪的，怎麼把他們給倒出來呢？」

「不然，您倒立吧！」七月建議道。

那個客人覺得這個主意還不錯，就把七月從肩膀上放下來，滿目趕緊跑到七月旁邊，拉著她的手問道：「你沒事吧？」

「沒事，這位客人也不是個壞人，就是腦子有些呆呆的。」七月笑著說。那位客人真的走到牆壁邊倒立起來，所有員工又都圍到了他的身邊。他可真貪玩，還在地上跳了跳，可是，他只吐出了幾塊橘子皮，還打了一個嗝。

七月趕緊來到客人旁邊，對著他的肚皮叫道：「丁丁當、丁當當、當當當，你們快出來吧！」眼看沒有什麼反應，七月又叫道：「大家都在等你們出來，現在可還沒下班呢！」結果還是沒有反應。

旁邊的阿長叫道：「他們三個傢伙不會是已經被消化了吧？」大家你看看我，我看看你，然後都瞪著那位客人。那位客人從地上爬了起來，七月問道：「你不會真的把他們給消化了吧？」

那位客人揉了揉肚皮，呵呵的笑了起來，說道：「有可能喔！」大家都大叫出聲，又朝後退了兩步。這時，門口傳來了宋老闆的聲音：「發生什麼事了？」

七月朝門口望去，看到宋老闆和莊先生站在那兒。七月想到自己現在應該在店裡上班，趕緊躲在大家後面。

「啊！老闆娘，您總算回來了！」阿長趕緊迎上去，臉上寫滿了巴結和討好。

「這位妖怪客人啊，把我們的西瓜三兄弟吞下去了！」阿長叫道。宋老闆沒理他，直接來到客人面前，七月看見莊先生獨自站在大廳的另一邊，正盯著她，她趕緊低下了頭，用櫃子小精靈擋住自己的臉。

那位客人還在傻笑，宋老闆走到他面前，溫和的問道：「我是這兒的老闆，這位客人，您怎麼稱呼？」

「哈拉。嘿嘿！」哈拉摸著頭，不好意思的說。

「好的，哈拉先生。」宋老闆說，「聽大家說，您吞下了我們店裡的三名員工，如果方便，請您把他們吐出來吧！」

「我當然想把他們吐出來，可是不知道怎麼做才行，我已經聽七月的話倒立了，那三個傢伙就是不肯出來，說不定，他們很喜歡待在我肚子裡呢！」

「要不要用瀉藥試試？把他們拉出來！」人群中傳來了聲音。

「剛剛不是說了嘛！他們可能已經被消化了！」又有人說話了。

「他們沒有被消化。」人群中傳來了一個聲音，原來是白光。七月驚訝的望著白光，只見他走到哈拉面前，拔下哈拉的一根頭髮；哈拉的臉突然變得扭曲，然後吐出了西瓜三兄弟，身體也馬上縮小，最後縮得和櫃子小精靈差不多大。哈拉看了看四周，又看了看白光，然後飛到了白光面前，叫道：「我討厭知道我祕密的妖怪！我討厭你！真是太丟臉了！」說完，他哇哇大哭起來，抹著眼淚從空中消失了，那個櫃子小精靈也趕緊從七月肩膀上跳下來，朝著門外跑去，消失在門口了。

大廳裡突然變得很安靜，大家東瞧瞧，西看看，一點也不敢相信那場風波就這樣平息了。西瓜三兄弟剛結束一場特殊的經歷，現在還是愣愣的，阿長取笑道：「現在看來，你們還得管那個哈拉妖怪叫媽媽呢！」大家聽了都哈哈大笑起來，西瓜三兄弟也笑了起來，說道：「現在我們也像人一樣，是從肚子裡生出來的啦！」滿目則不停告訴大家，讓他們快回去工作。

「七月。」莊先生的聲音突然從身後傳來，七月打了個冷顫，轉過身去，不好意思的笑了笑，說道：「對不起，莊先生，我馬上就回去工作了。」

「不用覺得抱歉。」莊先生笑著說，「我並不是要怪你。只是看到你在這兒，過來和你打個招呼而已。」

說到這兒，莊先生來到宋老闆旁邊，不知道對她說了什麼，宋老闆便和他一起上樓去了。

「我就說嘛！莊先生是個好老闆。」滿目說。

七月準備離開時，又聽到阿長的聲音：「喂，那個透明人，你就老實說吧！是不是你把我們的三位大廚抓走了？你不會已經吃了他們吧？就像剛剛那個精靈一樣？知道一個來路不明的精靈的弱點，你可真不簡單。」

阿長正在取笑白光，七月聽了火冒三丈，衝到他面前叫道：「白光才不是壞人呢！至少不會是比你更壞的人！」

本來就對七月很反感的阿長，半瞇著眼睛瞅了瞅七月，笑道：「喲！莊先生店裡的小丫頭，還跑到我們店裡來管閒事了啊！反正莊先生也在這兒，要不然我們把他叫下來，看他會不會教訓你這個不懂禮貌的小鬼！你想替這個透明人說話啊？想要罵我啊？老實告訴你吧！這家店裡除了宋老闆、琉璃小姐和這位滿目，沒有誰相信白光是個好人！」

說著，阿長用目光示意了一下身邊的妖怪，那些妖怪都用異樣的眼光望著白光，一臉的不信任。

「大家快回去工作！有空在這兒懷疑自己人，還不如想辦法在沒有三位大廚的情況下做生意！」看到滿目一臉嚴肅，那些人才散去。

「謝謝你幫我說話。」白光苦笑道，「其實沒關係的，有你們幾個的信任就夠了。」說完，白光也轉身離開了。雖然看不見他的表情，七月卻真真切切感受到了他的心情，自己的心裡也變得很難過。

「就因為白光是個透明人，他就得為一切事情負責嗎？」來到棲霞樓外時，七月忿忿的說道，「再說了，我聽西瓜三兄弟說，那三位大廚經常失蹤耶！」

「你不要相信阿長的話，沒有人覺得那三位大廚真的失蹤了，他們只是想把大廚不見了當作不相信白光的藉口。現在，這三個傢伙說不定正在妖精第十三大街呼呼大睡呢！大家不相信白光才是問題所在，不過，這幾天我發現，大家都慢慢接受他了。阿長是個排外的傢伙，才會說這種刻薄的話。你放心，白光可以處理好自己的事情，你就不要為他著急與生氣了。」滿目說。

第十五章

# 金錢草婆婆

七月決定沿著昨天和莊先生走過的路回店裡，那樣就不會再經過長蛇巷了。不過千山鎮對七月來說太稀奇了，她恨不得長了四隻眼睛，好把路過的一切都裝進眼裡。就這麼看著、看著，走著、走著，她居然迷路了。她走進了一條陌生的小巷，等到回過神來，已經走到了巷子的中間。還好，這不是長蛇巷，她可以放心的走下去，反正沒有生命危險啦！

七月現在走的這條巷子其實就是蜈蚣巷，她左看看、右看看，不知不覺來到了金錢草婆婆的店門前。來找金錢草婆婆的人比剛剛少多了，隊伍的尾巴已經進了巷子。七月看了看金錢草婆婆的店招牌——預知未來，忍不住對它吐了吐舌頭，這不經意的動作剛好被金錢草婆婆養的六爪蟲看到了。

六爪蟲和八爪蟲一樣，他的腿被扯下來之後也會長出來，不過，他的腿一離開身體就不會動了；就因為少了這幾下掙扎，六爪蟲失去了金錢草婆婆的寵愛，淪落到待在牆角、撿剩飯的境況。

六爪蟲看到七月對金錢草婆婆的店扮鬼臉，突然想到一個好主意，可以好好整整自己的主人。六爪蟲還有兩個絕技：把眼睛瞪得很大對人扮鬼臉，以及扔石頭。他在地上撿起一塊石頭，朝七月的手扔去。七月感覺手背像是被蚊子咬了一下，抬起手一看，卻什麼也沒發現。

六爪蟲又撿起一塊更大的石頭，大概是乒乓球大小，再朝七月的胸膛扔去，這次扔得有點歪，扔到了對面的院子裡。第三次，他使出渾身的力氣，搬起一塊和自己身體差不多大小的石頭，朝七月的臉上扔去。這次命中目標了，七月大叫一聲，摀住左臉，臉上瞬間腫了一大塊。六爪蟲得意極了，七月聽到了他的聲音，走近兩步，惡狠狠的盯著他。她覺得今天自己運氣太差了，連蟲子也敢欺負她。

那隻蟲子偏偏還瞪大眼睛，對著她吐舌頭。七月氣得捲髮都豎了起來，大叫著去追趕六爪蟲，也不管什麼莊先生了。六爪蟲也不慌，等到七月靠近時，便躲在花盆後面，七月費勁的搬開花盆，六爪蟲又往人縫裡鑽。七月跟著他，把排隊等候「命運審判」的人弄得原地打轉。六爪蟲每次都選擇了曲折的路線，一定要從每個客人的腳下鑽過，等到七月追著他來到金錢草婆婆的工作室時，所有客人都覺得，櫃子小精靈離開所代表的厄運已經降臨了。

六爪蟲就是想讓七月在這兒製造混亂，現在，他的目的達到了。他鑽進金錢草婆婆桌子上的一堆雜亂文件夾裡，當然，進去之前，他還不忘對一臉怒氣的七月扮了個鬼臉。

這時，金錢草婆婆面前坐的是一位皮膚可以和悟先生相比的客人，他也許比悟先生還黑呢！七月焦急的望著金錢草婆婆面前的資料夾，聽到她對客人說道：「我看你印堂發黑，你最近這段時間可能會遇到不好的事。」

七月聽到這兒，忍不住笑了起來。她看了很多電視劇，那些算命的老頭子總是喜歡這樣對客人說，沒想到金錢草婆婆也是這樣，看來，騙人的伎倆在兩個世界是通用的。金錢草婆婆覺得自己在千山鎮德高望重，沒有人不敬重她三分（當然，除了那個死也不肯做她徒弟的金朱，以及莊先生店裡的兩個丫頭），現在竟然有人當眾笑話她！這個仇不報，那她金錢草婆婆還怎麼在千山鎮站得住腳！於是，七月的笑聲還沒停，金錢草婆婆就叫道：「你這個臭丫頭，笑什麼笑？小心我算死你！」

「我就是覺得奇怪，他的皮膚這麼黑，您怎麼看得出他印堂發黑呢？要不要看看我的？您怎麼知道一個人是真的印堂發黑，或者只是臉沒洗乾淨？」七月笑道。她突然又想到了什麼，接著說：「對了，我想，您不應該對我發火，您應該早就算到我會到您的店裡，還有我會笑您吧？所以，您已經準備好怎麼應付我了吧？」說完，七月又笑了。

「你過來，臭丫頭，讓我給你算一卦。」金錢草婆婆對這個小姑娘也有了興趣。她的話才講完，客人就抱怨了起來，硬是要七月到後面去排隊。金錢草婆婆瞪了那些客人一眼，說道：「命運相信有緣人。」

於是，七月就大咧咧的坐在金錢草婆婆對面。那隻六爪蟲又鑽出來看了她一眼，七月也毫不客氣的回瞪了他。八爪蟲在金錢草婆婆面前的一個玻璃瓶裡，看他那半睜著的雙眼，一定好幾天沒睡覺了吧！七月覺得他真可憐，又想到了一個好主意。

「您要用這隻蟲子給我算命，對吧？」七月問。

「當然是，這隻蟲子是上天的心。」金錢草婆婆故作神祕的說。

「那上天一定有心臟病。」七月小聲的說。接著，她又提高聲音對金錢草婆婆說道：「要不然，我讓您幫我算算，不過必須是過去的情況，因為未來的事一時也說不清楚。如果您算對了，我就向您道歉，您讓我做什麼，我就做什麼；如果算錯了，那您就得讓八爪蟲休息兩個星期，給他好吃的、好喝的，把他養得肥肥的。您看怎麼樣？」

「笑話！你能為我做什麼？」金錢草婆婆翻開了資料夾，那隻六爪蟲便跳進了垃圾桶。七月見狀，一腳踏進了垃圾桶裡，還狠狠踩了幾腳。

「我能做的，就是您最想的事。聽說，您想收金朱當徒弟，說不定我能幫您說服他呢！還有啊，我知道您的一個祕密。」七月故作神祕的說。

「什麼祕密？」金錢草婆婆的眼睛裡寫滿了恐懼，看來，她真的有害怕的事。其實，七月剛剛只是突然想到西瓜三兄弟的事，也不知道為什麼就把那個老巫婆想像成了金錢草婆婆的樣子。於是，七月回答道：「是三個圓圓的東西——」

「不要說了！」金錢草婆婆叫道，然後，竟然對著七月笑了起來，還露出奇形怪狀、五顏六色的牙齒，看著真是噁心。七月覺得自己的想法應該沒錯，金錢草婆婆就是那個無心辦了好事的人。

金錢草婆婆抓出那隻八爪蟲，拔下了一條腿，八爪蟲看起來很痛苦，那條腿在桌子上只掙扎了兩下就停了下來，看來，那隻八爪蟲真的很累了，腿也沒力氣了。不過，周圍的那些客人可不是這樣看的，大家都盯著沉思中的金錢草婆婆，好像她一開口，七月就可能會在走出店門時死掉。那隻六爪蟲還活著，乘機爬出了垃圾桶，又躲在花盆後面，等著中午的剩飯。

「您看到了什麼？能不能看到我今天早上吃了什麼？還有，能不能看出我從哪兒到您這兒來？我來您這兒的目的是什麼？我可得告訴您，如果您想說些模稜兩可的話，我是不會承認的。」七月說道。

「我看出，你可能再也回不了家了。」金錢草婆婆說。
「這是未來的事，我只想讓您看看過去的事。」七月說。
「過去的事嗎？如果你不盲目的跟從，不來到這兒，就不會出現這種情況了，你說對不對？」金錢草婆婆詭異的笑了起來。
「我跟從了什麼？」七月又問。
「莊重的店裡有很多。」金錢草婆婆說道。
她說的全都對，七月的心情變得很沮喪，說道：「我會回去的，我才不信您說的鬼話呢！」周圍的人看見七月的表情，馬上明白金錢草婆婆算得完全正確。
那隻八爪蟲似乎也因為七月的沮喪而有些傷心，七月把頭湊近玻璃瓶，對八爪蟲說道：「對不起，本來想幫你的。」說完，七月站起身來準備離開。
「等等。」金錢草婆婆叫住了七月，「你不覺得我剛剛說的，也是模稜兩可的話嗎？」
七月沒有說話，一臉茫然的望著這位女巫。金錢草婆婆笑了起來，對那些正在等待的客人說道：「你們快走吧！看來我的蟲子要休養一段時間了。走吧！走吧！忘掉那些小精靈，他人的事我們都無法左右。」
「那我們遇到不好的事該怎麼辦？」人群中有人叫道。
「該來的總會來的。」金錢草婆婆揮揮手。七月覺得，這是她今天說得最有道理的一句話了。

「您不必這樣做的，剛剛您算的都很準。」七月說道。

「剛剛已經賺了不少錢，我也有些累了，畢竟上了年紀啦！對了，那三顆西瓜的事，你千萬不要說出去，那是我女巫生涯中最大的汙點。」

「並不是什麼汙點吧？您只是有些笨拙而已。」七月說。

金錢草婆婆瞪了她一眼，七月趕緊對她道了歉，補充道：「其實您應該高興，因為您救了三顆可愛的西瓜。」

「你也很笨，小丫頭。」金錢草婆婆說到這兒，得意的一笑，「我對千山鎮任何一個人都一清二楚，早就打聽出你是從另外一個世界來的小鬼了。」

「所以說，剛剛那些都不是您算出來的？」七月叫道，好不容易培養起來對金錢草婆婆的好感瞬間消失了。

「隨你怎麼說吧！你不覺得大家需要一些看來很神祕的事，讓生活變得更有趣嗎？」金錢草婆婆笑道。

「剛剛我還準備勸說金朱當您的徒弟呢！現在我後悔了。我會告訴金朱，您是個大騙子，讓他千萬不要到您這兒來！」七月說著，轉身便要離開，金錢草婆婆叫住了她。

「首先，我想說，我希望你能回家。其次，你想聽聽我的預言嗎？不要錢，也不是騙人的，只是給你的忠告。」金錢草婆婆笑著說，「不要相信那些看起來很可愛的東西。」

「『不要相信看起來很可愛的東西。』這句話很普通嘛！」七月說。

「另外，我也會讓八爪蟲休息一段時間，他看起來比我還要累，謝謝你對他的關心了。」金錢草婆婆又說。

七月走出店門時，已經沒空理會那隻六爪蟲了，她臉上那個腫起來的包，就算是對今天這件事的見證了。來到街上的七月，看了看對面院子裡伸到牆外的花，又看了看萬里無雲的天空。

這個世界如此美麗，如此可愛，是不是就不值得相信？

# 第十六章 唐穆

蜈蚣巷終於走到盡頭了，七月問了好幾個人，才找到回「難忘」的正確道路。現在她又鑽進了另一條巷子，七月認為，千山鎮簡直是巷子的迷宮嘛！一路上，七月一直在想金錢草婆婆的話，看到一朵花，她就會說：「可愛的東西都是不值得相信的，我才不喜歡你呢！」看著天空時，也會在天空中發現金錢草婆婆的臉，她正在說：「你可能再也回不了家了。」

七月覺得有一點點難過。金錢草婆婆說的是實話，她來到這個世界的第一天，就知道有這個可能了。七月喜歡現在的生活，也喜歡自己的家，這讓她不知道自己到底想不想回去。「就這樣先好好在這兒生活吧！該來的總會來的。」這樣想之後，七月覺得思路一下子清晰了起來，心情也變得很好，不自覺就哼起了四眼爺爺經常哼的那首曲子。

七月正哼得高興時，聽到前方傳來了悽慘的貓叫以及凶狠的鳥叫聲。她趕緊跑過去，看見一隻老鷹正在啄地上的一隻黑色小貓。那隻小貓蜷縮著身體，看樣子是撐不了多久了。

「快滾開，臭鳥！」七月叫道，並揮了揮拳頭，想要趕走老鷹。老鷹惡狠狠的瞪了她一眼，七月嚇得後退兩步，再撿起一塊石頭朝老鷹扔去，砸中了老鷹的頭。老鷹慘叫一聲，不甘心的飛走了。但是，仍然不死心的在空中盤旋，似乎想要偷襲七月。七月又撿起了好幾塊石頭防備著，最後，老鷹終於離開了。

七月趕緊跑上前去，抱起渾身是傷的小貓，輕聲說道：「你還好吧？」那隻小貓已經奄奄一息了，但還是睜著大眼睛，可憐兮兮的望著七月，發出了虛弱的叫聲。「真可憐。」七月說，「你不用擔心，我馬上去找莊先生！他有一大堆藥，一定可以治好你。」

七月不知道莊先生回店裡沒，但想到店裡有印、同與老七，應該可以替小貓包紮，她便抱著小貓朝店裡跑去。

當她氣喘吁吁的回到店裡，已經到了吃午飯的時間，大家都圍坐在桌子旁邊，一邊吃著四眼爺爺準備的美味午餐，一邊互相開玩笑。七月叫道：「莊先生回來了嗎？」

「七月，怎麼了？你看起來臉色不好，臉也腫了，怎麼回事？哎呀！這隻貓怎麼受了這麼重的傷！」四眼爺爺坐在座位上說道，他的其中兩隻眼睛則在七月面前飛來飛去。

「這隻小貓看起來快不行了！莊先生回來了嗎？」七月著急的說。這時，莊先生從裡面出來了，七月跑到他面前，說道：「莊先生，請您救救這隻貓！」

看到了那隻貓，莊先生比任何人都驚訝，他慌忙對七月說道：「快帶到裡面來！」說完，他就朝裡面走去，七月緊跟著他。走廊裡的火苗看到那隻貓，都發出了同情的歎息。

來到莊先生的房間，他讓七月把貓放在沙發上，就出去吩咐老七拿藥了。七月坐在沙發旁，撫摸著小貓頭上的毛，說道：「好了，現在莊先生在這兒，你不會有事了。」

「想不到你還能忍受小孩子摸你的頭啊！」莊先生來到七月面前，盯著那隻貓，說道：「快變回來吧！不然我只能帶你去找獸醫了。」

「唉！我都受了這麼重的傷……」那隻貓突然開口說道，然後慢慢變成了一個人，笑眯眯的望著莊先生。

那個人的年紀和莊先生差不多，頭髮很長，隨意的紮在後面，臉上全是血跡，嘴唇蒼白。他看起來吊兒郎當的，好像對什麼事都不在乎，包括自己的重傷。七月望著他，頓時覺得自己剛剛一直抱著這個男人跑了一路，真的很詭異。

「你真是不夠意思，還不替我包紮傷口！我可是你十幾年的朋友了！快點，快點。我現在痛死了！」那個人對著莊先生說道。

「有求於人脾氣還這麼大。」莊先生笑道。他看了七月一眼，又說：「七月，你也看到了，他就是個很麻煩的男人，你為他白白擔心了一場。」

七月這才回過神來，喃喃的說：「怪不得金錢草婆婆說，不要相信可愛的東西。」

「你的意思是，如果我不是變成一隻可愛的小貓，而是變成一隻小老鼠，你就不會救我了？真是個有心機的小丫頭啊！不過我喜歡。對了，我叫唐穆。」唐穆笑著說，他的一身傷和他的笑容可真不配。

莊先生從老七那兒拿來了藥，唐穆一定要莊先生先治一治七月的臉，「萬一留下些什麼疤痕，長大後就不像現在這樣可愛了。」唐穆說。

傷口包紮好了之後，四眼爺爺剛好送飯進來，唐穆趕緊又變回一隻小貓。七月覺得很好玩，堅持讓唐穆吃東西的時候不要變回來，這樣就能節省不少糧食。唐穆對七月說，他的變身是經過好幾年的練習才學會的，當時他太年輕，愛上了寵物店的一個女孩子，才會想變成一隻貓。如果是現在，他會選擇變成一條蛇，或是一隻獅子。

正當七月和唐穆說笑時，莊先生一臉嚴肅的對唐穆說道：「今天你又惹什麼麻煩了？竟然會被柳婆婆的老鷹追殺。」

「還不是工作、工作嘛！等等，小孩子聽到不要緊吧？她會不會覺得我是一個壞人？」唐穆指了指七月說道。

「我可是你的救命恩人，聽聽也無所謂吧？」七月覺得唐穆要講很祕密的事，她好奇極了。

「告訴七月也無所謂，她不是個普通的孩子。」莊先生說。

「好吧，既然莊老闆同意，我就把一切說出來啦！」唐穆說完，斜躺在沙發上，用左手托著下巴，看看莊先生和七月，說道：「不介意我這名傷患換個舒服的姿勢和你們說話吧？事情是這樣的——你也知道啦，莊重，前天晚上，我受那個柳婆婆，也就是你的師父所託，去宋鬍子家裡偷一樣東西。都怪天太黑了，那位悟先生也黑，所以我一時沒發現他，反倒被他給抓了起來。不過，老實告訴你吧！那樣東西已經得手了，我藏在宋鬍子的家裡，連宋鬍子也找不到了。

昨天你把我救出來之後，趁著悟到處查找我的下落時，我又回去了一趟，把那樣東西拿了出來。我把它交給那個老太婆，順便參觀了一下她住的地方。你也知道，我可不能忍受對自己客戶的家庭和經濟情況一無所知。

那個老太婆的家可真夠複雜，我找了好久才找到一個祕密房間。接著，我就看到了那幅畫，上面畫著一片向日葵花田，還有一艘風帆。我想起你告訴過我，那幅畫是一千多年前一位畫師的作品，很值錢。我三個月沒接工作，手頭比較緊，就想把那幅畫偷出去賣幾個錢。沒想到剛把畫從牆壁上拿下來，一隻老鷹就從旁邊的窗戶衝了進來，接著當然是一場惡戰了。

人嘛！畢竟敵不過禽獸。我逃了出來，變成了一隻貓，以為不會被找到了，就在七月見到我的那條巷子大搖大擺的走著。結果，也不知道那隻老鷹是從哪兒衝出來的，一直不停啄我的頭，我差點就死了呢！幸好，我遇到了可愛又善良的七月。謝謝你啦！七月。」

「你竟然敢偷柳婆婆家的東西，真是不要命了。那個老太婆雖然清心寡欲，不過，一旦認定某件物品屬於她，是死也不肯拿出來的。」莊先生說。

「我哪知道她養著一隻恐怖的老鷹啊！當時我想，雖然她年輕時享譽四方，現在恐怕也有八十歲了吧？老人家稍微動一動就會閃了腰嘛！所以，我也沒把她當一回事，沒想到竟然失算了，真是陰溝裡翻船啊！」

「算了吧！就算她死了，你想動她的東西，她也會從棺材中跳出來掐住你的脖子。」

七月從來沒聽莊先生說過這樣刻薄的話，她覺得，莊先生絕對與柳婆婆有段不愉快的過去。這時，唐穆對七月說道：「聽到了吧？小姑娘，我是個小偷。當然，我是光明正大的小偷。你會不會覺得我很討人厭？」

「錯了，你不是小偷，是大盜。」七月的腦子裡淨是電視劇裡那些怪盜、神偷的光榮事蹟，說道：「我不但不會討厭你，反而覺得你很厲害呢！」

「厲害是當然的啦！我成為飛賊這些年，偷過無數東西。不過，並不是入室搶劫，我只按照客戶的要求偷一些奇奇怪怪的東西，像是：有一次，我幫宋老闆從她父親宋鬍子家偷走一份重要的文件，那份文件好像會使某個長脖子員工在監獄度過下半生。不過，這次竟然讓你看到我這麼不光采的模樣，真是丟死人了。」

「不會啊！我依然覺得你很了不起。」七月覺得自己應該安慰、安慰這位神偷。

「這樣啊！千萬不要崇拜我喔！我雖然以自己的工作自豪，還不想教壞小孩子。你是莊重店裡的小員工，莊重也不會讓你學壞的，對吧？」唐穆說著，看了看莊先生，莊先生笑著點了點頭。

「我這次也學到不少教訓，明白山外有山、人外有人，不能對上了年紀的人掉以輕心。畢竟，最近大家生存壓力太大，連老年人也變得拚命起來了。我這次沒有毀容算是萬幸了。莊重，你這兒有鏡子嗎？我得看看我英俊的臉現在是個什麼樣子。」

莊先生還沒回話，只見一團黑影突然逼近窗戶。七月轉過頭時，那黑影已經停在窗臺上了，原來是今天看到的那隻老鷹！唐穆嚇得躲在莊先生身後，叫道：「又來索命了啊！看來，那個老太婆真的想殺死我啊！」

「不是。」莊先生說。果然，那隻老鷹並沒有衝進來，而是停留在窗臺上，嘴裡還叼著一封信。莊先生取下了信，來到書桌前看了起來。看完了信，他的表情變得很凝重。

「怎麼回事？那個老太婆說什麼了？是不是要你把我交出去？對了，她不會是要我退還委託費吧？」唐穆問道。

「不是，柳婆婆不是那麼小器的人。而且你的偷竊沒成功，柳婆婆應該只把你當成一個笑話看吧！信裡面講的是我們師徒的舊事，都是好多年前的事了。老年人嘛！都是喜歡懷舊的，一想到往事與故友，就想見見面，這封信是催我去她家探望她的。」莊先生說著，把信放進口袋裡，看著唐穆和七月，說道：「我現在要去師父家一趟，唐穆，你就先待在這兒吧！七月，如果你不介意，可以幫忙照顧一下這位傷患嗎？」

「好的。」七月說道。

「我自己還能動，不需要人照顧。」唐穆說。

莊先生沒有回答，只是對兩人笑了笑，便朝門口走去。

過了一會兒，七月才小聲問唐穆：「柳婆婆是莊先生的師父？」

「是啊！這師徒倆都是怪人。」唐穆說，「而且，莊重這些年越來越奇怪了。不過，我很喜歡奇怪的他，你呢？」

「莊先生是個好人。」七月說。

「沒錯，是個好人，整天為身邊所有的人擔心，所以才活得那麼辛苦。」唐穆說著，掙扎著站了起來，在呻吟了一會兒後，竟然腳步輕快的朝窗戶邊走去。邊走還邊對七月說道：「我的傷沒有想像中那樣嚴重，真是浪費了你的關心。等會兒記得告訴四眼爺爺，就說那隻可憐的貓吃了他做的東西後，瞬間就恢復了活力，竟然長出了翅膀，從窗戶飛走了，知道嗎？」說完，唐穆便跳上窗臺離開了。

七月一臉茫然的望著窗外，想著唐穆剛剛說的那些莫名其妙的話，突然明白，他可能只是想要七月替他感謝四眼爺爺的招待。

第十七章

# 大蚊

到了下午，客人很多，工作又忙了起來。七月對工作已經很熟悉，輕輕鬆鬆就招呼好客人。

同果然又買了一隻拳擊手套，那隻手套比以前那隻脾氣還要火爆，連印也有些怕它。現在同已經成了店裡的病毒，誰也不敢靠近她。那些小貓不得已要走近同時，總會拿著一隻盤子遮住自己的身體。同倒是無所謂，一直把兩隻手套呼來喚去，覺得這種感覺好極了。

快下班時，來了一位意想不到的客人，那就是大蚊。他揹著一個大大的背包，大到足夠裝下店裡所有的員工。看到七月在櫃臺前，他就叫著七月的名字，朝著她走去。

「怎麼？七月，你只去過金老爹的店一次，竟然就和大蚊成了朋友！」同感歎道。她的那兩隻手套正在決鬥，打得難分難解，同看也不看，伸手就把它們按在櫃臺上。

「大蚊很有意思。」七月說。這時，大蚊已經來到櫃臺前了，印走到大蚊身後，笑著問道：「大蚊，你想要喝點什麼？」

「謝謝你，我什麼都不要。」大蚊轉過身，笑了笑。他這一轉，身上巨大的背包差點把印打到店外去，還好印反應敏捷，躲過了他的「偷襲」。

「你想買點什麼嗎？」七月問。

「不買，我是來向你們告別的。」大蚊歎了一口氣，說道：「我被金老爹開除了，現在正準備回家去。」

「什麼？金老爹開除你了！」同瞪大眼睛。

「他絕對是腦子短路了，天底下再也找不到比你更好欺負的伙計了！」印感歎道。

「金老爹配製了好運劑，他很高興的一口氣全喝光了。喝完沒多久，他就覺得渾身發癢、頭暈、噁心。他在椅子上躺了半小時後，長出了一身疙瘩，看起來就像隻癩蛤蟆。然後，他把我罵了一頓，就去了蜈蚣巷找金錢草婆婆，回來之後嘴裡罵著：『真是個瘋老婆子，竟然搞錯了配方！再也不相信她了！幸好我們金朱沒去跟她學什麼占卜，不然我只有流落街頭啦！』」

「大蚊，你模仿金老爹還不錯喔！」印笑道。

「金錢草婆婆真的說是她弄錯了配方嗎？」七月問。

「對，老爹是這樣說的。」大蚊老實回答。

「啊哈！我就知道那個老太婆整天在騙人！她怎麼可能有好運劑這種東西？」印叫道。

「事情是這樣的。」七月想到今天的事就想笑，「是我在白煙果裡加了一點點噴嚏劑，本來想弄得金老爹一直不停打噴嚏，沒想到他會變得這麼慘。不過，想到他的所作所為，就覺得這一切是他活該。」

「七月也會做這樣的頑皮事？真好，現在我和印就宣布，你正式成為我們這個以整人為樂的組合中的一員了。」同勾著七月的肩膀說道。七月得到同的肯定，高興了一會兒，看到大蚊一臉沮喪，又問道：「金老爹為什麼要趕走你啊？他不是以為是金錢草婆婆搞砸了他的藥嗎？」

「我也不知道。反正他很生氣，把我大罵了一頓，還說什麼現在他的錢都被金錢草婆婆給敗光啦！他不想再看到我了，然後就把我開除了。」

「喜怒無常是金老爹的特色。」同說，「要不是看在他有一大堆稀奇古怪的玩意分上，我早就把他痛打一頓了！」

「那金老爹給你薪水了嗎？」七月問。大蚊沒有回答，只是低下了頭。七月接著說：「一分錢也沒給嗎？」大蚊把頭低得更低了。七月看到大蚊的樣子，握緊了拳頭，大聲說道：「金老爹太過分了！大蚊，你怎麼能這樣就走了呢？你應該和他據理力爭，把屬於你的薪水拿過來！」

「這應該沒什麼用，七月，金老爹就是出了名的不講理！」印在一旁懶懶的說。這時已經五點，所有死氣沉沉的貓都活了過來，從椅子上跳了下來，阿芒大聲叫道：「太好了，下班了！我說，兄弟們，有沒有興趣今天晚上和我去十三街喝幾杯？」

其他的貓愉快的叫了幾聲，應該是同意了。他們圍在一起商量了一會兒，然後吵吵鬧鬧的朝著走廊走去。阿芒說話的聲音特別大，看來孤影不在，他便覺得自己是這些貓的首領了。印和同要去鎮上的一家服裝店買新款的夏裝，然後直接回家去。她們打算回家後說服四眼爺爺，使用她們研製出來的香料。

「我可以在這兒待到七點嗎？滿目會來店裡找我，然後帶我去妖精第十三大街。」七月說。

「你和滿目也成為朋友了？那個小子，整天死氣沉沉的，我還以為他一個朋友也沒有呢！」印說。

「我們七月果然人見人愛，連滿目那個孩子也迷上她啦！」同開玩笑道。

印和同又說笑了幾句便離開了。時間不等人，再不走就沒衣服買啦！沒漂亮的衣服穿，人很快就老啦！

想到今晚能參觀妖怪的大街，七月很高興，可是大蚊正趴在桌子上歎氣呢！他想回家，又怕面對母親，他說她比金老爹還凶呢！七月想到金老爹就一肚子氣。可是，一想到她害金老爹長了一臉的疙瘩，心裡還是覺得很不安，也沒臉見他。但是大蚊太可憐了，最後，七月還是決定和大蚊一起回金老爹的店，把他的薪水要回來。

七月和大蚊先去棲霞樓找金朱，她想，和金朱一起去，金老爹應該會顧全自己的形象，對她和大蚊手下留情。去棲霞樓的路上，七月不停的告訴大蚊，一定要鼓起勇氣，「你已經不是金老爹店裡的員工啦！如果他又開口罵你，你就伸出拳頭向他問好！那樣金老爹就能飛到天上去呼吸一下新鮮空氣了，而且他臉上的疙瘩說不定會消得更快喔！」七月得意的說。

「可是，受了老爹四個月的氣，見到他就不自覺的腿軟了。」大蚊小聲說。

「這樣可不行！你是他的員工，又不是他的奴隸！再說，如果你站在那兒腿發抖，我也撐不了多久。想到他那隻會吐出豌豆的綠色蟲子，我的心裡就發慌。」

七月覺得全身的毛孔緊縮，汗毛都豎起來了。現在，兩個人正走在一條小路上，棲霞樓就在小路的盡頭。

「小心，七月！」大蚊突然叫道，七月還沒反應過來，就被大蚊一把拎了起來。七月感覺自己正在空中晃來晃去，也看到了前方的西瓜皮，還有西瓜皮旁那笑得在地上打滾的哈拉。七月氣極了，示意大蚊將她放下，然後撿起地上的西瓜皮朝哈拉身上扔去。哈拉一時沒跑開，被打中了頭。他摸了摸自己的頭，似乎覺得很有意思，然後又用手在頭上重重的砸了幾下，頭上瞬間冒出了幾個大包，而且越長越大，越長越高，最後哈拉失去了平衡，往前撲倒在地，他乾脆就趴在地上笑個不停。

七月看著哈拉那可笑的自虐行為，想生氣也氣不起來。不過，她可不想配合哈拉，於是忍住沒笑出來，還故意瞪著哈拉。大蚊本來就呆呆的，要他笑出來，恐怕得等上好幾年。哈拉見玩笑沒有得到應有的效果，雙眉倒豎，從地上爬起來，又拍拍自己的頭，頭上的大包很快就消失了。他生氣的飄過來，叫道：「你們怎麼不笑？」

「這有什麼好笑的？」七月說，「我現在才沒心情呢！」

「不行，不行，你得給我找點有趣的玩法！」哈拉邊說邊跺腳，嘴裡抱怨著：「千山鎮真是個無聊的地方！」

「你覺得不好玩關我什麼事？我要走了，你別來煩我！」七月提高了聲音，「你放心，我絕對不會踩到你扔的西瓜皮或是其他什麼東西！」

七月說完就和大蚊往前走。哈拉一直跟著他們，在他們頭頂飛來飛去。沿路，七月的話才講了一半，哈拉就會故意咳嗽，打斷她的思路，或是唱上兩句歌，弄得七月忘了自己要講的話，而不自覺的跟著哼起歌來。

他們來到棲霞樓時，裡面生意正好，那隻大熊還是那麼的不知疲倦。哈拉飄過去搶走他的油紙傘，他依然笑呵呵的，接著，從自己身上的口袋掏出一把一模一樣的傘，又把它撐了起來。哈拉覺得很生氣，深吸了一口氣，朝大熊扮鬼臉，大熊也沒有什麼反應。

金朱不在，聽店裡的員工說，他好像陪著宋老闆的女兒出門逛街了。滿目正忙著，七月沒見到他。

「看來，我們只好自己去找金老爹了。」七月說著，歎了一口氣。

「我也去，我也去。金老爹好玩嗎？」哈拉說。七月看了過分活潑的哈拉一眼，明白不讓他去是不可能的。

很快，七月、大蚊和哈拉就到了長蛇巷入口。他們悄悄來到緊閉的大門前，聽到金老爹在屋子裡哼著小曲。他似乎很高興，可能正在為省了四個月的工錢偷笑吧！七月想到這一點就火大，之前對金老爹的愧疚感也就消失得無影無蹤了。

這時，她突然有了一個好主意，便轉過身對哈拉說道：「等會兒我和大蚊先進去，如果你聽到我大叫哈拉，你就進來，隨你怎麼搗亂。」

「好的，保證完成任務！」哈拉高興的回答。

「但是，有一點你必須聽我的，知道嗎？我叫你停下來，你一定要停下來，行嗎？」

「切！真無聊。」哈拉斜著眼睛，很不滿的回答。七月也瞪著眼睛望著他，說道：「你不同意我就不准你進去，那就不會有好玩的了。」

「聽你的就是了，誰讓你是我的朋友呢！可是，萬一我不想停下來怎麼辦？」

「這個還不簡單，我會讓大蚊一掌把你拍在牆壁上，或是掛在衣架上，或者，我把你頭上的毛全都拔光，這就要看你喜歡哪一種了。」七月故意毫不在意的說。

「哈拉喜歡當聽話的哈拉，一個聽話的精靈。」哈拉說著，摸了摸自己的頭。

七月終於放心的敲了敲金老爹的店門。金老爹那俗氣的情歌戛然而止了，接著是一句咒罵，過了一會兒，七月聽到拖鞋靠近大門的聲音。門打開了，出現在七月面前的，還是金老爹那張圓圓的臉。不過金老爹的變化可真大，臉上全是疙瘩，兩隻眼睛瞇成了一條縫，嘴脣也腫得像香腸。他冷冷的看了七月一眼，又看了看大蚊，然後甩了甩鬍子，沒好氣的說道：「你們有什麼事？」

「我們先進去再說吧！」七月笑著說。

「不用進去了。我還有事，馬上就要出去。你有什麼事現在就說吧！」金老爹面無表情的說。他現在這個樣子，要看出他的表情真是不容易。

「當然是大蚊薪水的事。」七月把大蚊推到金老爹面前，「順便」又讓金老爹店前新掛上的兩盞燈籠報廢了。七月不好意思的對金老爹笑了笑，馬上又一臉嚴肅的說道：「大蚊在您這兒工作了四個月，您一分錢也沒給他，還無緣無故把他開除了，這也太過分了。我們現在只是想讓您把這四個月的薪水都付了。」

「薪水一分也不給。這個又肥又蠢的傢伙待在我這兒的四個月，一共弄壞了十盞燈籠，加上剛剛這兩盞就是十二盞，還打碎了六個藥瓶子，讓陪伴我六十年的那張老桌子失去了一條腿；有一次泡茶時加了胡椒粉，差點把我嗆死，他還養死我心愛的大白兔，弄砸我兩筆大生意，最重要的是，這個傢伙一直鼓勵我們家金朱拜莊重為師！」金老爹口沫橫飛，越說越生氣，七月趕緊把臉轉向一邊。說到最後，他甚至跳了起來，狠狠的敲了敲大蚊的鼻子。

七月雖然不喜歡金老爹的態度，也不得不承認，大蚊太笨手笨腳了。於是，她對金老爹說道：「就算這些事情都是大蚊搞砸的，薪水也不可能都扣完了吧？就算薪水都扣完了，您欺負了大蚊四個月，不管怎樣也應該給他一筆精神賠償費吧！」

「還精神賠償費呢！要賠，也應該讓他賠給我，就是這個笨蛋讓我天天生氣！」

「金老爹，我雖然笨，也是天天為您的店著想的。」大蚊一臉委屈的說道。

「對啊！金老爹，您太過分了。」七月也說。

「你們還是快走吧！反正我不會給他薪水的，死也不給！我把錢拿出去施捨給乞丐，也不給這個笨蛋！」

金老爹最後這句話讓七月很生氣，她大聲叫道：「哈拉！」正在一旁東張西望的哈拉便飄了過來，說道：「終於等到你叫我的名字了。」

「金老爹，您可看好了，這位是哈拉——」七月指了指在一旁摩拳擦掌的小精靈，小聲對哈拉說：「再裝得凶一點。」哈拉馬上豎起自己的眉毛，雙手握拳，向金老爹揮舞著：「我可是很厲害的！」沒想到金老爹伸出自己的老鐵拳，一拳把哈拉打到了巷子對面的圍牆上，說道：「你這個小怪物快滾開！我活了六十幾年了，難道還怕一個小精靈！」

七月一開始還挺擔心哈拉，不過，看到哈拉把一肚子怒氣轉換成動力，準備朝金老爹衝過來時，又對金老爹說道：「您可要想好，還是快把薪水給了吧！不然哈拉可不會手下留情的。」金老爹依然一副滿不在乎的樣子，還用腫得只剩一條縫的眼睛瞟了哈拉一眼，說道：「我正等著呢！小東西。有種就過來！」

哈拉像一團黑色的火焰撲向金老爹，不過，就在離金老爹的臉只有幾根髮絲的距離時，突然刹住了，然後，他繞到金老爹的身後，鑽進了店裡。很快，七月就聽到店裡傳來了乒乒乓乓的聲音，所有的東西好像都被摔在地上了。

金老爹聽到自己寶貝的慘叫，眼睛瞪得特別大，馬上大叫著衝進了屋子裡。七月和大蚊也跟著跑進去，看到金老爹正在尋找著什麼，嘴裡還不停的念道：「我的小青蟲，你跑到哪兒去了？」他終於在哈拉製造的一片混亂中找到了那隻綠色的蟲子。金老爹拍了拍蟲子，蟲子吐出了一粒豌豆。金老爹吞下豌豆，馬上就放鬆了不少。七月對金老爹說：「您快把薪水給大蚊，我就叫哈拉停下來！」

「薪水！我已經說了，門都沒有！現在我把我的青蟲找回來了，小怪物，我要和你拚命！」金老爹說完，就朝正在架子上把一個個瓶子打開的哈拉衝了過去，哈拉馬上扔下瓶子，朝天花板飛去，然後把身體貼在天花板上，像煎餅一樣把自己攤開，還不忘露出大牙。

金老爹急得跳了起來，左看看、右看看，跑到牆角抓起他的長柺杖，朝著哈拉的牙齒戳去，哈拉像一陣煙似的消失了，很快又出現在金老爹頭頂，趁金老爹還在四下尋找他時，重重的敲了敲金老爹那光光的頭。金老爹身手也很敏捷，竟然一把抓住了哈拉。七月不禁為哈拉擔心起來，這時，被抓住的哈拉依然咧著嘴，接著慢慢消失了，只剩下一張咧開的大嘴。最後大嘴也消失了，只留給金老爹一手的灰。

「我要殺了你這個怪物！」金老爹的眼珠又快從眼眶裡瞪出來了，他追著哈拉，在自己的店裡跑了起來。哈拉只在金老爹頭頂上飛，還不斷朝他吐舌頭，金老爹氣死了，因為一心只想把哈拉抓住，竟然把店裡還安然無恙、待在自己位置上的東西全都碰翻，掉在地上。七月和大蚊站在店裡，看著兩個「頑童」追逐，還要注意著不要被那些掉下來的東西砸中。

「七月，快叫哈拉停下來吧！金老爹快撐不住了！」大蚊擔憂的說。

「真是的，那個老頭欠你薪水，你竟然幫他說話，他一定就是看透了你這點！」七月無奈的搖搖頭，繼續說道：「既然你叫我讓哈拉停下來，我只好照辦啦！哈拉，快停下來吧！」哈拉依舊在空中飛來飛去，七月又叫了他好幾聲，他都裝作沒聽見。最後，他大聲對七月說道：「我想停下來，可是突然忘了要怎麼做了！」說完，他又哈哈大笑起來。七月說道：「你再不下來，我就要拔你的頭髮啦！」

哈拉聽了七月的話，就像在空中被凍住似的，一動也不動。金老爹的枴杖這時可沒失手，馬上戳中了哈拉的肚子，他的肚子就像橡皮球一樣朝天花板突去。哈拉好像突然感覺到了，看看金老爹的枴杖，又看看自己的肚皮，笑著說：「真舒服。」說完，又轉過頭對七月說道：「我在空中耶！你是個小矮子，怎麼拔我的頭髮？嘻嘻嘻！」七月聽了，齜牙咧嘴對金老爹說道：「老爹，您不介意我幫您把這個可惡的傢伙抓下來吧？」金老爹還在想著要戳破哈拉的肚皮，頭也不回的說：「抓到他，我就把這四個月的薪水給大蚊！」

「這可是您說的！」七月笑著看看大蚊，然後，她這個小不點和體形超大的「蚊子」也加入了捕捉哈拉的行動。哈拉見了，拍手叫道：「好玩，好玩，果然好玩！七月，你沒有騙人！」他又在小屋裡飛來飛去，見大家放慢了速度，就飛低一點，等大家趕過來了，他就飛高一些。有時候，他還故意朝天花板撞去，弄得大家一身灰。不過，連金老爹也不得不承認，經哈拉這麼一鬧，他的小店差不多也進行了一場「大掃除」。

哈拉喜歡圍著大蚊轉圈，還叫大蚊是「笨拙的大個子」，七月和金老爹已經累得不行了，希望大蚊能抓住哈拉，但是大蚊抓了很多次也沒成功。最後，哈拉嘟著嘴說：「這麼笨，你媽媽一定會打你屁股的！」大蚊聽了這句話，打了個冷顫，一把抓住了哈拉。七月見狀，立刻跑過去，抓住了哈拉的頭髮，說道：「你把我們都給累死了，還把店裡搞得不像個樣子。我本來想罵你一頓，或是讓你喝點什麼難喝的東西，但我想，還是直接拔你的頭髮比較方便。」七月說完，拔下了哈拉的一根頭髮。

哈拉先是一愣，然後身體慢慢變軟，從大蚊的拳頭中溜了出去，像塊雲一樣掉在地上，他的五彩頭髮也塌下去了，只好對著七月說了一句：「好了，現在我沒力氣了，聽你的話，停下來了。」

「對不起，我不知道會這麼嚴重。」七月蹲下來對哈拉說道，「上次在棲霞樓你就沒事。」

「上次我變成了一個大個子呀！你不知道嗎？我是靠空氣讓自己變大的。拔掉我的頭髮，我就會像氣球一樣漏氣了。現在我都這麼小了，再漏氣，恐怕就要消失了。」哈拉有氣無力的說。

「那你現在會沒事吧？」七月說，「喝點風怎麼樣？對了，你不是有膨脹劑嗎？吃一顆就沒事了吧？」

「對呀！我有膨脹劑！」哈拉的眼睛亮了，趕緊從身上某個不知道藏在哪兒的口袋掏出藥吞了下去，很快，他就像氣球一樣脹大，變得比櫃子小精靈還要大一倍。

「現在舒服了！」哈拉舔舔自己的嘴巴，又開始飛上、飛下，七月瞪了他一眼，他馬上乖乖的停了下來。金老爹在一旁看著哈拉，鼻子都氣歪了。七月驚訝的發現，老人臉上的疙瘩全都消失了，看來「慢跑」有利於健康啊！金老爹也注意到了這一點，把自己的臉摸了好幾遍，摸得臉上油亮亮的，還興奮的叫道：「啊哈！今天晚上可以去參加舞會了！」

金老爹很高興，爽快的把薪水給了大蚊。七月覺得大家還是趕快離開好了，不然金老爹隨時都會後悔。她又看了看金老爹那一片狼藉的店，心裡很不是滋味，就對大蚊說：「你會一些可以讓店恢復原狀的魔法嗎？」

「七月難道不會嗎？」大蚊驚訝的問。他一直認為七月是個天生就會魔法的人呢！

「一點兒也不會。」七月說，不禁覺得有些遺憾。

「讓我想想。小時候，媽倒是教過我一些魔法，不過，她嫌我太蠢就放棄了。我也不知道現在還記不記得。」大蚊說完，就在嘴裡默念了幾句，很快，屋子裡的東西開始慢慢飛起來，有些東西甚至在屋子裡亂竄，想尋找自己應該待的地方。

七月真擔心金老爹的一臉疙瘩也會從某個地方飛回他的臉上。還好，最後除了疙瘩，所有東西都回歸原位了，但摔碎的那些花瓶和藥瓶，大蚊沒辦法把它們黏好，原本擺放的地方，出現的便是一堆碎片。看來損失不大，金老爹很滿意，可能他的心思還沉浸在今晚的某個舞會裡，完全沒有想到自己今天的「虧本買賣」。

「大蚊還挺厲害的嘛！金老爹，您難道就沒想過重新雇用他？」七月問道。

「千山鎮會魔法的人太多了，不過，再也找不到比他更笨的了。想要我再次雇用他，門都沒有。」金老爹白了七月一眼，掏出鏡子照了起來。

七月、大蚊和哈拉趕緊出去了，哈拉出去時，還不忘用金老爹的枴杖敲敲他的頭。金老爹搗著自己的頭怪叫時，大家已經離開了長蛇巷，朝著夕陽的方向跑去。

第十八章

# 妖怪們的街

拿到薪水的大蚊比七月想像的還要高興，他告訴七月，他的媽媽是個很厲害的巫師，但總覺得他一無是處，覺得兒子讓她很丟臉，大蚊就自覺的離開了自己的家，獨自工作養活自己，也不向別人說起他和母親的關係。

大蚊在外闖蕩的這二十幾年，什麼事也沒做成，經常被老闆趕走，薪水就更別提了，很少有老闆會給他。現在，他終於可以拿著薪水回去見母親，他覺得很有成就感。但想到要回家見嚴厲的媽媽，大蚊不禁兩腿發軟。當他辭別七月，走上回家的那條小路時，他的背影真讓七月覺得，他就像一隻可憐的小貓（超重的小貓），正獨自走向齜牙咧嘴的狼外婆。

七月看了看廣場上的鐘，已經快七點了，滿目應該也快到店裡找她了。她趕緊往回走，哈拉還一直跟著她，有時朝地上扔兩塊西瓜皮，七月只是跳過去，也不理他；有時他飛到七月面前扮鬼臉，七月板著臉，實在憋不住想笑了，就把臉扭向一邊。哈拉很沮喪，頭朝下、腳朝上的說道：「你不喜歡我了？七月。」

「我從來都不喜歡你，不喜歡你這種只會惡作劇、只會給別人添亂的小精靈。」七月故意這樣說，想要氣氣哈拉。

「你不喜歡我嗎？一直都不喜歡！」哈拉叫道，看起來很失望，「唉！七月不喜歡我真讓我難過。要不是因為我現在倒立著，我的眼淚已經嘩啦啦的流下來，流成一條河了。不過——」哈拉對著七月眨眨眼，把身子又倒了過來，一本正經的說：「既然七月不喜歡我，我只好加倍的喜歡自己啦！」

「好啦，好啦。我都快被你煩死啦！如果你現在能把嘴閉上，我倒是可以有一點點——頭髮絲那麼一點點的喜歡你。」七月對哈拉說。

哈拉果然聽話，安安靜靜的跟著七月。當然，這安靜最多持續了三分鐘，哈拉又吵了起來。七月才不想和這樣的一個小精靈一起去妖精第十三大街呢！可是，她又找不到辦法甩掉他。

在莊先生的店所在的路口，七月遇到了莊先生的櫃子小精靈，他很熱情的跟七月打了招呼，然後在哈拉耳邊說了些話。哈拉一聽，拍了拍自己的腦袋，說道：「哈哈哈！一高興就忘了正事了！我還要排練呢！」他飛到七月面前，一本正經的說道：「本來想和你多待一會兒的，現在你也看到了，我很忙，你自己一個人玩去吧！」

「等等！你們在排練什麼？」七月問。

「合唱啊！合唱。難道你不知道，我們精靈的歌是世界上最動聽的嗎？對了，還忘了告訴你呢！千山鎮所有的櫃子小精靈，現在都在我的指揮下唱著歌呢！怎麼樣，我很厲害吧？」

「原來是你拐騙了櫃子小精靈啊！千山鎮的人現在都快急死了，你無意中還幫金錢草婆婆賺了一大筆錢。」七月沒好氣的說，「那你們準備在哪兒表演啊？」

「一般人可是聽不到我們唱歌的，我們要唱給精靈王聽。就是七月你，也沒有福氣聽到我們唱歌。好了，我走了，再見。」

「我可沒說自己想聽你唱歌。」七月說，「你走了最好，我都快被你煩死了。」

「果然，七月很討厭我。」哈拉垂下了頭說道。

七月也覺得自己剛剛的語氣不太好，正準備跟哈拉道歉，哈拉已經和小精靈蹦蹦跳跳的離開了。

七月回到莊先生的店時，滿目已經在店門口等她了。他們一起來到了草原上那棵大樹下，大眼蛙還是那天的大眼蛙，發光的門還是那天發光的門，不過，七月與前天的七月已經完全不一樣了。

「你好，滿目。你好，小姑娘。」大眼蛙說。

「今天來的人類多嗎？」滿目問道。

「每週來的人類都很多，我正準備寫個申請，希望妖精第十三大街不對人類開放。」大眼蛙說道。

「你不喜歡人類嗎？」七月問。

「不太喜歡，但我喜歡你們。」大眼蛙說，「也許我只是不喜歡太吵鬧了。」

七月與滿目走進那道充滿光的門裡，這次，出現在七月面前的，是人來人往、熱鬧非凡的妖精第十三大街了。

妖精第十三大街是一條長兩百公尺的街道，旁邊還有很多小巷子。街道兩旁密密麻麻的都是店鋪，店鋪前全掛著紅紅的燈籠。妖怪們穿梭其間，很多妖怪還打著燈籠。七月看到入口的旁邊果然掛著好幾幅畫，滿目伸手摸其中一幅畫上的魚兒，那些魚兒就游了起來。七月摸了摸一幅抽象畫，那畫兒就慢慢變成了一隻微笑著的猴子。

「真厲害！」七月感歎道。

「很多妖怪天生就有魔力，他們的畫也充滿了魔法。」滿目說。

滿目帶著七月朝著前方走去，七月看到很多棲霞樓的員工，他們都熱情的跟滿目與七月打招呼。棲霞樓門口的那隻熊也在，他正坐在一間酒館裡，依然撐著那把油紙傘。他的旁邊坐著幾個和他一樣呆呆的熊，也都有自己油紙傘。看那些熊的樣子，似乎在聚會，但他們都不善言辭，大家只是大眼瞪小眼，傻傻的笑個不停。

「真不知道他們怎麼交流。」七月心想。

她看到那幾隻熊旁邊還坐著幾隻貓，仔細一看，原來是阿芒與他的幾個朋友。這幾隻貓又跳又笑，不停的喝酒，與旁邊那幾隻沉默的熊形成了鮮明的對比。

「我們也進去吃飯吧！」滿目說。

「太多熟人了，我們還是換一家吧！」七月說。

滿目帶著七月來到了另外一家餐廳門前，看到金朱與阿裡從門裡走出來。他們本來還有說有笑的，看到了七月，金朱卻變得很不自在，阿裡則氣呼呼的瞪著七月。

「快走，金朱哥哥，我們還要去買金魚呢！」阿裡拉著金朱的手說。

「那我們先走啦！七月以及滿目。」金朱的話剛說完，便被阿裡拖著走了。

「他們關係還挺好的嘛！」七月說。

「金朱和女孩的關係都不錯，他很會討小女孩開心。」滿目笑道。

「我可不喜歡他那種油腔滑調的人。」七月說。

滿目與七月走進店裡，帶著溫暖笑容的老闆便迎了過來，笑著說道：「滿目來了啊！你可是稀客。快坐，快坐，想吃什麼直接跟我說。我們這兒的菜雖比不上棲霞樓，也別有一番滋味喔！」

「謝謝你，賀先生。」滿目說，「如果我是個妖怪，一定會愛上你的店。」

「你也看到了，現在店裡妖怪可真少。」賀先生掃了一眼空盪盪的店，「狂歡節雖然過去了，那些妖怪還在狂歡中，一點也不覺得肚子餓呢！」聽這位老闆說話的口氣，七月還以為他不是妖怪呢！

這家店裡的菜大多很清淡，不像棲霞樓的菜那麼衝擊人的味覺。七月覺得，四眼爺爺一定會喜歡這兒的菜。吃飯時，七月與老闆聊天才發現，原來他是四眼爺爺的徒弟！

「世界真小。」七月感歎道。

「沒人的廚藝比四眼爺爺更好了，他又喜歡教人，全世界都有他的徒弟。」老闆笑著說。

滿目結了帳準備與七月離開時，老闆叫住了他，說道：「反正你現在來了，這件事情還是告訴你吧！你們棲霞樓的三位大廚正在我們的柴房裡睡覺呢！」

「還沒回去嗎？這些傢伙真是的，帶我去看看。」滿目說。

七月與滿目跟著老闆來到後院，老闆開了柴房門，打著燈籠照在一堆稻草上。七月看到三個肥頭大耳的妖怪正呼呼大睡呢！滿目笑了起來，說道：「他們還真會偷懶，大家在店裡都忙翻了，他們卻在這個好地方作著美夢呢！」

「這三個傢伙昨晚喝到大半夜，最後趴在桌子上睡著了，怎麼叫也叫不醒。本來想把他們送回棲霞樓，我們店裡又沒人能搬得動這三個大個子，最後只好把他們扔進柴房裡啦！每次都是這樣，是看我長得善良、好欺負嗎？像三個飯桶一樣大吃了一頓，又在柴房住了一天，呼嚕聲震天。我得好好算算這筆帳才行。」

滿目來到三位大廚面前蹲下，拍拍他們的臉，笑著說道：「客人都等不及了，你們三位大師還是快點起床吧！」

「是嗎？開始營業了？」其中一位廚師半睜開眼睛望了滿目一眼，又睡著了。

「這麼黑的營什麼業？我再睡會兒。」另外一名廚師說著，翻了個身。

「快點起床吧！老闆已經想趕你們走啦！」滿目又說。

可能這三位廚師終於睡飽了，他們慢慢清醒了過來，一看到滿目都很驚奇，雖然發現自己在這裡，卻完全不知道發生了什麼事。過了好久，在老闆的提醒下，他們才回憶起昨天晚上的痛飲。

「這麼說來，我們已經有一天沒去上班了？」一位廚師驚訝的問道。

「是啊！看到我們在這兒，你也應該知道今天是星期五了。」滿目說，「你們不用擔心，這次還算好啦！以前你們不是還有過在這間柴房睡了兩天兩夜的情況嗎？」

滿目說話時一直保持著微笑，三位大廚還是不好意思起來。他們趕緊向老闆道謝，然後付清了帳，離開了這家店。

吃完飯後，七月和滿目又去逛了逛，妖精第十三大街的東西可真多，就算七月有一百隻眼睛，應該也是看不盡興的。滿目已經來千山鎮兩年多了，也不敢說自己完全了解這條妖怪們的街。最後七月買了一支羽毛筆，那支筆的羽毛會隨著天氣改變顏色。

兩個人明天都要上班，於是九點多便離開了。漫步在草地上時，他們談到了莊先生。七月突然想起鏡子裡看到貓爪子的事情，便告訴了滿目，沒想到滿目說道：「這個我知道。那面鏡子可以照出人或妖怪本來的樣子。」

「你的意思是，莊先生是一隻貓？」七月簡直不敢相信自己的耳朵。

「本來就是一隻貓，我來千山鎮之前就知道了。」滿目平靜的說。

七月只是望著滿目，什麼話也說不出來了。她想到了很多、很多，想到莊先生對人的友好，想到他的善良，想到他的教養，他怎麼看也不像是一隻貓啊！

「你怎麼會知道莊先生是一隻貓？」七月奇怪的問道。

「這個嘛！反正我就是知道。」滿目說，「隨你相信或是不相信。反正我覺得他是不是貓都無所謂了，棲霞樓裡也到處是妖怪，我已經見怪不怪了。而且啊！莊先生是個好人，只要記得這一點就夠了。」

七月覺得滿目說得也有道理，只是她一時還無法接受這一點。七月又想到莊先生的那面鏡子。沒錯，它對莊先生來說很重要，因為，只有它能讓莊先生看清自己本來的樣子吧！

七月回到莊先生的家裡時，家裡很安靜。七月還以為大家都睡覺了，便輕手輕腳的走進大廳，這才發現大家都坐在大廳裡。印與同這對嘰嘰喳喳的姊妹，一句話也不說，還不時的瞪四眼爺爺一眼。看來四眼爺爺拒絕了她們的香料，她們正在生氣呢！阿芒和他的幾個貓朋友蹲在四眼爺爺的腳邊，皮影、孤影與莊先生都不在家。

「大家晚上好。」七月走進屋說道。

「應該要說晚安了吧！七月，你回來得也太晚了。」印說著，眼睛裡帶著笑意，「老實說吧！你和滿目的約會怎麼樣了？」

「什麼約會啊？只是很普通的朋友出遊。」七月糾正道。

「呀呀呀！金朱知道的話，一定很傷心的，他完全迷上你了。」同說道。

「我覺得還不錯。」四眼爺爺笑瞇瞇的說，「七月才來到千山鎮兩、三天，就交到不少朋友了。你們兩個丫頭雖然在千山鎮待了好幾年，也不像七月這樣受歡迎啊！」說著，四眼爺爺把目光投向印與同，這兩個女孩趕緊把頭轉了過去，不看四眼爺爺。

「我們不想和某個四眼怪說話。」印說。

「除非那個四眼怪同意用我們的香料。」同補充道。

七月覺得印與同真是不禮貌，但她看到四眼爺爺還是笑瞇瞇的，看來四眼爺爺與這兩姊妹關係很好，也就不在乎禮節了。

「我可不會用你們研製出來的奇怪東西。」四眼爺爺說，「想來也不是什麼好東西，說不定會把人毒死。」

「所以我說了，先讓阿芒試試啊！」印說道。

阿芒聽了，從地上跳了起來，朝牆角退了兩步，驚恐的叫道：「不要，我才不要！我還年輕，不想死在你們這對怪物手上！」

「看到了吧？連阿芒都不信任你們。」四眼爺爺說，「你們想成為像莊先生那樣獨當一面的魔藥師，還有很長的路要走。」

「我們不稀罕聽您說教！」印對著四眼爺爺吐了吐舌頭，七月發現她和同都很沮喪。

「看到莊先生那樣辛苦，我們姊妹倆其實真的很想幫忙分擔的。」同說著，歎了口氣。真沒想到樂天的她也有發愁的時候。

「莊先生理解你們的心意。」四眼爺爺說，「他善於發現身邊細微的好意，他是一個好人。」

就在這時，外面傳來了敲門聲。七月跑到院門前打開門，發現門外是一個三十歲左右的女人。她坐在輪椅上，輪椅的扶手上還掛著一盞燈籠。乍看之下，七月覺得輪椅上的女人與莊先生像極了，不過，仔細看的話還是有很多不同點。

「莊重家裡又來了新人嗎？」那個女人說。

「請問您是？」

「我是莊重的姊姊。」

七月趕緊讓她進了屋，然後把門關上。她的心跳得厲害，因為她覺得莊先生的姊姊冷冰冰的，看起來讓人難以接近。更重要的是，莊重的姊姊一臉嚴肅，七月總覺得有不好的事情要發生。

等到七月來到屋子裡時，四眼爺爺正熱情的接待著莊先生的姊姊。他從廚房裡倒了杯熱氣騰騰的茶遞給她，笑著說道：「我今天啊，總感覺應該泡一壺白葉草茶，可是自己又覺得好笑。莊南又不來，泡了這茶還有誰喝呢？不過，我最後還是泡了，沒想到你也來了。看來，老頭子我的直覺還不差嘛！」

「謝謝掛念了，四眼爺爺。我以為這個家的人都把我忘了呢！」莊南說。

「我們可是一直記著莊南姊姊您的！」印說。

「雖然我們總共也只見過您一次，但您讓人難以忘記。」同笑著說。

「莊先生的親人，就是我們的親人。」印又說。

「你們也讓人印象深刻啊！雙胞胎。聽你們說話真高興。」莊南終於笑了笑，看起來與莊先生更像了。

七月來到印與同身邊，莊南見了她，對四眼爺爺說道：「這個小女孩是從哪兒來的？又是莊重從哪個地方撿來的孤兒嗎？」

「她是七月，從另外一個世界來的。其實也是孤兒了啊！在這個世界，她一個親人也沒有。」四眼爺爺說。

「另外一個世界嗎？」莊南說著，笑著垂下了眼睛，「從小，莊重就想去另外一個世界旅行呢！他見到你一定很高興吧？小丫頭。」

「應該挺高興的。我更高興能認識莊先生。」七月趕緊說道。

莊南沒有說話，只是望著手中的茶杯。突然，她抬起頭，對四眼爺爺說道：「莊重去哪兒了？」

「不知道。他還沒回來。」四眼爺爺摸著自己的下巴說道。

「哦，看來我是來對了。」莊南說。

大家都盯著她，想知道她剛剛的話是什麼意思。莊南放下茶杯，平靜的說道：「今天下午，我收到了莊重送來的包裹，裡面裝著一封信和一包藥。信上說了些很奇怪的話，給我的感覺很不好，我心裡擔心，就馬上趕來千山鎮，想當面問問他。」說到這兒，莊南頓了頓，聲音變得很悲傷，「我最擔心的是，我來到這兒時，見不到他。」

「可以把那封信給我們看看嗎？」四眼爺爺瞪著眼睛說道，他的那兩隻眼睛又不自覺的飛了起來，在空中打轉，看來也很著急。

莊南把信給了四眼爺爺，七月、印與同都擠到他面前讀信。只見上面寫著：

姊姊：

你好。一直以來，你都是我最親的親人。謝謝你這些年來對我的照顧，和你一起度過的那些日子，我永遠都會記得。姊姊，你曾經有過一個弟弟，他很愛你。他現在依然愛你，真的。這包藥是我這幾年一直在研製的，現在終於成功了，它可以讓你重新站起來。看到你再次站起來，臉上掛著笑容，我也就很高興了。

莊重

「曾經有過一個弟弟，他很愛你，這是什麼意思？」印說。

「難道現在莊南姊姊您就沒有弟弟了嗎？」同說。

大家互相看了看，心裡想到了同一點：這封信是在訣別了。

「怪不得他現在也沒有回家，看來是準備拋棄這個家，拋棄我們了。我總是感覺他有一天會離開，沒想到是今天！白天時一切都還好好的啊！怎麼會這樣。」

四眼爺爺的聲音在發抖，連飛在空中的那兩隻眼睛都掉下眼淚來。

「莊先生不在，這哪還像個家。」印的眼淚也流出來了。

「為什麼莊先生會這麼說？聽起來像是他要死了一樣。莊先生怎麼可能會死呢？」同哇哇大哭起來，印也哭出了聲。阿芒聽到「死」字時，開始在地上打滾，邊打滾邊哭個不停。七月也突然覺得寒氣籠罩了整個家，鼻子一酸，眼淚就掉了下來。她感覺自己就像失去了一個親人一樣。

「我到這兒找你們，是想一起商量的，不是來聽你們哭的。」莊南大聲說道，七月看到她的眼睛裡也泛著淚光。「現在莊重的消息還不確定呢！不是哭的時候！」

大家都止住了哭聲，望著莊南，一邊抽泣，一邊抹眼淚。莊南看了看大家，繼續說道：「首先，讓我們想想，莊重今天都做了些什麼，有沒有說奇怪的話。也許他只是普通的外出呢！大家都想想。」

「今天早晨他對我說，我做的菜很好吃，希望能一直吃我做的菜。當時我只是覺得他在誇獎我，沒把它當一回事。現在看來，他只是想在離開前，對我再一次的肯定。他一直是個很細心的好人。」四眼爺爺說著，歎了口氣。

「在沒有確定之前，四眼爺爺，希望你不要說莊重已經離開之類的話，可以嗎？」莊南懇求道。

「我知道，我知道。」四眼爺爺點了點頭。

「今天中午，莊先生出門時，對我和同說，我們做得很好，要我們繼續加油。」印說著，不禁笑了起來，「今天上午七月出去後，我和同差點把實驗室燒了起來，我們以為莊先生是要鼓勵我們。」

「莊先生沒有對我說什麼。」七月說道，「今天中午，我把那隻受傷的小貓帶回店裡，莊先生幫忙將貓包紮好。後來他收到了柳婆婆的信，說要去柳婆婆的家裡，然後就出門了。」

「柳婆婆的信？」莊南說道。

「他出門前可沒告訴我們要去柳婆婆家！」同叫道，「柳婆婆雖然是莊先生的師父，他們已經好久沒有聯繫了。她給莊先生寫信，能有什麼好事！」

「那我們現在去找柳婆婆吧！」莊南說，「今天沒見到莊重，我想大家都睡不好覺。」

「可是，你的腿。」四眼爺爺說。

「沒有了腿又怎樣？沒有了弟弟才讓我難過。」莊南笑著眨了眨眼，淚水掉了下來。

大家一走出院子，便遇到了回家的孤影與皮影。這兩隻貓也不看大家，也不問大家去那兒，只是冷冰冰的說道：「你們不用去了，莊先生不會回來了。」說完，兩隻貓便朝院子裡走去，他們的身後，還跟著一隻瘦弱的小灰貓。

大家跟著三隻貓回到了大廳，小火焰還以為是莊先生回來了，高興的從樓上衝了下來，見到皮影與孤影之後，一臉的沮喪，還對他們翻了個白眼，然後很不高興的上樓了。

「你們跑到哪兒去了？」印生氣的說道，「大家都很擔心你們！」

「柳婆婆家。」孤影有氣無力的說道。

「你們說，莊重不會回來了，這是什麼意思？」莊南問。

「就是你們理解的那個意思。」皮影說，「永遠也不會再有莊先生了。」

第十九章

# 白與黑

皮影說了這樣沒頭沒腦的一句話之後，就與孤影以及那隻小灰貓上樓了。過了一會兒，那團小火焰飛了下來，幽幽的說道：「那三隻怪貓跳到窗外的樹上看月亮去了。所有的貓都喜歡看月亮，他們中了月亮的毒。不過，你們的表情才奇怪吧？怎麼了？難道你們沒理解皮影的話嗎？不會有莊先生了，所以，你們還是回去睡覺吧！反正我是要睡了。」

小火焰說著，打了個大大的呵欠，露出了他那暗紅的火舌，接著，就鑽進了大門口的燈籠。大家依然呆呆的坐在客廳裡，回想著剛剛皮影的那句話。所有人都明白這句話的意思，但不明白的是，為什麼突然之間，莊重就人間蒸發了。

最先開口的還是莊南，她說道：「不行，我得馬上去找柳婆婆。」她的話才說完，所有人都站了起來，朝著大門外走去。就在這時，院門的方向傳來了重重的敲門聲。七月心裡一喜，心想，這次說不定真的是莊先生回來了呢！她看了看身邊的人一眼，所有人的臉上都閃過一絲欣喜的表情，看來他們也想到這一點了吧！還是那團睡在門口燈籠裡的小火焰最積極，從燈籠裡鑽出來，一邊朝著院門口飄去，一邊對大家說道：「你們不要忙著去開門，我先去看看是誰。」

也只有這團小火焰，此刻還能輕鬆、愉快的朝院門口飛去，似乎完全沒為自己的主人擔心。七月看著他火紅的身體消失在院子外面，院內瞬間被黑暗所籠罩。這時，她聽到小火焰說了句「你是誰啊？」就沒再發出其他聲音了。大家等了一會兒，小火焰都沒飛回來，七月的心裡有一種不好的預感。四眼爺爺讓自己的兩隻眼睛飛起來，說道：「有些不對勁，我去看看。」

皮影、孤影與那隻灰色小貓也從樹上跳了下來，跟在四眼爺爺的眼睛後面朝著院門走去，然後跳到了圍牆上。下一秒，三隻貓都警覺的豎起了尾巴，咧開了嘴巴，似乎正威脅著門外的那個人。這時，四眼爺爺突然痛苦的大叫起來：「糟了，我的眼睛啊！」

「門外到底是誰？」莊南急切的問。

「是一個怪物，他——」

四眼爺爺的話還沒說完，「砰」的一聲響起，院子的門飛到了空中，碎成了好幾塊。借著院子外燈籠的光，七月看見，那是一個瘦高的人，戴著一頂奇怪的帽子、穿著一件黑色的披風。他的面孔完全籠罩在黑暗中，什麼也看不清楚。雖然看不清楚這個人，但七月可以感覺到從他身上散發出來的恐怖氣息。

為什麼偏偏要在莊先生不在時，遇到這樣的怪物呢？七月看了看自己身邊的人，無論是莊南、印、同，還是四眼爺爺，都一臉嚴肅的望著那個神祕人。阿芒帶領著自己的幾個夥伴，也突然從二樓跳了下來，豎著尾巴、咧著嘴，望著那個人。

「你是誰？」站在圍牆上的孤影問道。那個神祕人回過頭看了她一眼，突然咧開嘴巴笑了起來，說道：「莊重在哪兒？」即使現在他的臉正對著光，七月也看不清楚他的模樣。不過，她有一種不好的感覺，總覺得好像在哪兒見過這個神祕人。可是，到底在哪兒呢？

「莊先生可不是你想見就能見的。說說你有什麼事？」

三隻貓跳進了院子裡，依然是孤影冷靜的說道。那個神祕人突然蹲了下來，對孤影說道：「這是我和他的事，小貓咪，你們最好閃開些喲！雖然我想要了莊重的命，但我是個善良的人，不想傷害你們這些無辜的小生命喲！還有你們——」

神祕人突然抬起頭來，望著站在大門口的七月他們，「雖然你們是莊重的親人，我也不想把對他的仇恨報復在你們身上，你們快躲起來吧！把莊重叫出來就行了。莊重，你在哪兒？難道還想要躲著嗎？難道想躲在這群女人與老人背後，想讓你的小寵物幫你擋住我？莊重——」

那個人拉長了聲音叫道，七月打了個冷顫，渾身都起了雞皮疙瘩。她小聲對身邊的四眼爺爺說道：「這個人到底是誰啊？難道您也不知道莊先生怎麼會有這樣的仇人嗎？」

四眼爺爺搖了搖頭，說道：「我完全不清楚莊先生的事情，他是個厲害的巫師，當然會有不少敵人。這個怪物真可惡，我的那兩隻眼睛都被他吞進肚子裡了，小火焰現在可能也在他的肚子裡吧？他吃的還真雜亂，吞下小火焰那種怪胎，也不害怕把自己的腸子燒穿了？」

那個神祕人一邊叫著莊先生的名字，一邊朝著房子的大門靠近，擋在最前面的依然是孤影、皮影與那隻小灰貓。他們一邊往後退，一邊朝著神祕人大叫。皮影扯著嗓子叫道：「你最好趕快停下來，再前進一步，我們就要咬你了！」

「真的嗎？」神祕人抬起了腳，「我好害怕你們這幾隻貓呀！現在怎麼樣呢？」神祕人放下了自己的腳，「我前進一步了，你們咬我吧！」

三隻貓同時朝著那個神祕人撲了過去。孤影跳到了他的頭頂，一爪扯下了他那頂古怪的帽子；皮影咬住了那個人的一條腿，不停扯著他的褲子；小灰貓跳到了那個人的肩膀上，想要抓他那完全籠罩在黑暗中的臉。神祕人並沒有慌張，他冷笑了一聲，伸出左手一把抓下了孤影，朝著院子外扔去，他又甩了甩腿，皮影便大叫的朝著七月他們飛過來。

七月趕緊往四眼爺爺靠近，印與同也朝旁邊移動，至於莊南嘛！她反射性的低下了頭。所以皮影沒砸中人，而是直接飛進了屋子裡。「砰」的一聲悶響，他重重的摔在牆上了。

神祕人又想抓住那隻小灰貓，沒想到那隻貓相當敏捷，在他的魔爪伸過來時，跳到了那個人的頭頂上，抓住了他的頭髮。因為他的帽子被孤影抓掉了，七月發現，這個人與宋鎮長的手下悟先生一樣，渾身上下都是黑乎乎的。她不由得叫了一聲：「黑面怪！」

「不是他！」那隻小灰貓終於開口了，「是拉米斯！」

「拉米斯？」莊南喃喃的說，語氣裡滿是疑惑。四眼爺爺這時叫道：「原來是那個怪物，不過，他不是已經魂飛魄散了嗎？怎麼突然又有一個完整的身體了？」

「我也不知道。」小灰貓說著，又跳到了拉米斯的肩膀上，因為拉米斯的手又伸到頭頂上來抓他了。小灰貓的身手很不錯，左躲右閃，沒被抓住，而且好像還在拉米斯那黑乎乎的臉上留下了好幾道傷痕吧！不過他畢竟只是一隻貓，怎麼能對付得了這個怪物呢？

拉米斯最終還是抓住了小灰貓，在他把小灰貓塞進嘴巴之前，印與同一起衝了出去，阿芒也帶著自己的夥伴朝拉米斯撲過去。沒想到印與同隨身還攜帶著武器——兩把小刀，她們一人在左、一人在右，因為本來就是雙胞胎，配合得很有默契。七月看到她們的小刀在月光下閃爍著寒光。四眼爺爺則是衝進屋子裡，很快的拿著一根鐵棍衝了出來，加入了這場戰鬥。

七月不會功夫，也不敢衝上去與那個人戰鬥，她看了看身邊的莊南，莊南的目光一直集中在大家的戰鬥中。

「不行，大家都打不過他。」莊南突然說道。她伸出了手臂，沒想到上面竟然纏繞著一條像小蛇一樣的鍊子。七月再仔細一看，發現那還真的是一條蛇呢！莊南說了聲「去吧！」那條小蛇就離開了她的手臂，彎彎曲曲的從空中撲向那個神祕人。

「七月，到我身後來。」莊南說，「這次，換我來庇護這個家裡的人了。」七月來到了莊南身後，果然覺得心放鬆了不少。這時，莊南的那條小蛇咬了那個人的鼻子一口，七月發現，從那傷口裡，竟然冒出了一股黑氣。怎麼回事？難道這個叫作拉米斯的傢伙，像氣球一樣被咬破了嗎？

七月來不及仔細思考，就聽到那隻小灰貓對她說道：「七月，快，到樓上書房裡把那面鏡子拿下來！」

「好的！」七月回答。不過，她剛剛朝大門裡邁出一步，就感覺自己的左腿不知道被什麼東西纏住了，她一個搖晃，便摔倒在門裡，兩個膝蓋火辣辣的疼。七月轉過頭，看到纏著自己左腿的竟然是一縷黑煙。她爬起來時，那縷黑煙便朝著院子裡的拉米斯飛過去。

眼前的一切都快讓七月驚呆了——那縷黑煙回到拉米斯身體裡之前，拉米斯可不是一團黑煙，他是個透明人！怪不得七月老覺得他面熟了，他的裝扮與她的透明人朋友白光一模一樣！

「白光！」七月對著拉米斯叫道。拉米斯抬起頭來看了她一眼，全身抽搐起來，這可能是白光聽到七月聲音的反應吧？但很快的，拉米斯又完完全全回來了，他仰天大叫一聲，一股強大的氣流從他身體裡衝了出來，那些貓都被震得飛了好遠，印、同與四眼爺爺也後退了好幾步。只有小灰貓與莊南的那條小蛇，還死死扒在拉米斯身上。

「七月，快去拿鏡子！」莊南也催促道。

七月這才回過神來，再次朝著屋子裡跑去。她剛剛來到樓梯口，就遇到了從樓上下來的孤影，她嘴裡銜著的，正是那面鏡子。七月接過鏡子後，孤影說道：

「一切都照那隻小灰貓所說的做，懂嗎？」

「明白。」七月使勁點了點頭，拿著鏡子跟在孤影身後，來到了院子裡。小灰貓看到七月手中的鏡子後，從拉米斯的身上跳下來，他的身體突然縮成了一團。慢慢的，他那小小的灰色身體裡，散發出淡淡的光來。那光越來越亮，小灰貓像是變成了一團小火焰。他突然的變化吸引了包括拉米斯在內所有人的注意力，接著，拉米斯說道：「原來你在這兒！」

就在這時，小灰貓大叫一聲，從他的身體裡冒出很多細長的觸鬚來，朝著拉米斯撲過去。很快，那些觸鬚就纏住了拉米斯，整個小灰貓不存在了，變成了一張明亮的網。

拉米斯剛開始還想掙脫那張由貓變成的網，但幾次行動都沒有成功。因為他的臉全是黑的，看不清楚他的表情，不過聽他的聲音應該很痛苦。大家都來到了七月身邊，望著拉米斯與貓網。

「嗷——」

拉米斯發出可怕的聲音，震動了被黑暗與寧靜所籠罩的千山鎮。四眼爺爺對七月說道：「快把鏡子舉起來！」七月本來正專心看著拉米斯，嚇得差點把鏡子扔在地上。她慌忙的舉起鏡子，這時，四眼爺爺來到她身後，將他那兩隻布滿老繭的手覆蓋在七月手上，說道：「等會兒會有些難受，但很快就會好起來了。」他又對鏡子說道：「你又可以飽餐一頓了。」

「我已經等不及了。」鏡子說。

果然，小灰貓變成的網越來越亮，完完全全蓋住了拉米斯，拉米斯的吼聲慢慢變低了，一股黑煙從他的身體裡鑽出來，在院子上空繞了幾圈，沒頭沒腦的，似乎準備逃走。

不過莊南的小蛇纏住了那黑煙，小灰貓的觸鬚也伸了過來，那條小蛇與觸鬚一起，把那團黑煙朝著七月的方向拉過來。

「啊——」

那面鏡子也大聲叫著，努力把那團黑煙吸過來。鏡子的力量也不小，那團黑煙慢慢朝著鏡子靠近，最後被吸進了鏡子裡。瞬間，七月感覺有一股強大的力量撲過來，要不是四眼爺爺擋在身後，她一定一頭栽倒在地上了。印與同此刻也站到七月的身旁，按住了她的肩膀。

很快，那團黑煙就完完全全被吞進鏡子裡了，院子裡也恢復了平靜。這時，一瘸一拐的皮影才從屋子裡出來，看了拿著鏡子的七月一眼，說道：「你們的速度可真快，我不過稍微在屋子裡打了個盹，想要恢復些力量再來幫忙，你們就把那個黑鬼給解決了。」

這時，「砰」的一聲傳來，院子裡那個透明人倒在地上了。七月將鏡子交給四眼爺爺，跑到透明人身旁，關切的問道：「你是白光，對吧？」因為他是透明人，七月也不清楚他現在的狀況。過了好一會兒，她才聽到透明人說道：「沒錯，我是。七月，我讓你失望了。」

「沒什麼，我們都還好好的。」七月說。此時大家也都來到了院子裡。

「對不起了，大家。」白光有氣無力的說，「詳細的情況與道歉的話，可不可以留在明天？現在，我只想好好睡一覺。」

之後，白光再也沒說話，看來應該是暈過去了。四眼爺爺在印與同的幫助下，將白光扶進了屋子裡。別看白光是透明人，倒也是挺重的呢！把他放到床上之後，四眼爺爺累得氣喘吁吁。

大家再次回到大廳裡，現在，這個家又安安靜靜了，剛剛發生的一切，像是一場夢。

四眼爺爺點燃了菸斗，猛吸了好幾口後，長舒了一口氣，說道：「看來，整件事情很簡單啦！白光被拉米斯附身了。當年我就覺得，拉米斯不會輕易就死去。」

「拉米斯是誰？」七月問。一旁的印與同也用探詢的目光望著四眼爺爺，同說道：「我們也從來沒聽說過拉米斯呢！」

「你們當然不清楚啦！那都是六、七年前的事情了，當時的莊先生也不過初出茅廬吧！拉米斯是住在隔壁鎮的一個怪物，做了不少壞事。那個鎮上的人委託莊先生去捉這個怪物，他當時雄心勃勃，就興沖沖的跑過去了。真正的情況我沒見過，都是後來聽孤影與皮影說的，反正他打敗了拉米斯，弄得拉米斯消散在空氣裡。不過，沒想到拉米斯只是遊蕩在空氣中，並沒有消失，所以現在又來找莊先生復仇了。不過呀！我們的鏡子先生吞下了他，他再也沒有機會啦！小灰貓，沒想到你還真厲害呢！」

大家的目光轉向了那隻小灰貓，他一句話也沒說，默默的朝著大門外走去，他的兩個朋友——皮影與孤影，也一句話不說，跟上了他。

「真古怪。」四眼爺爺嘀咕道。

「莊先生不在，孤影與皮影也想要造反啦！」印沒好氣的說。不過，她剛剛說完就愣住了，瞅了瞅身邊的人，大家都垂下了眼睛，看來又沉浸在莊先生失蹤的痛苦中了。幸好，莊南打破了這個悲傷的氛圍，她清了清嗓子說道：「四眼爺爺，你有沒有忘記什麼事情呢？」

「什麼事？」四眼爺爺又哭起來了，「莊重都不在了，忘記什麼事情都沒關係！」

「最重要的事情。」莊南故作神祕的說，「你的那兩隻眼睛呢？」

「還有小火焰！」七月叫道。

「對啊！那兩隻眼睛和小火焰不是被拉米斯吞進肚子裡了嗎？現在跑到哪兒

去了？」印也附和道。

四眼爺爺哭得更厲害了，大聲叫著「我的眼睛啊！」聽得所有人既厭煩又想笑，要不是大家後來都將耳朵堵住，絕對會被他的哭聲弄得失聰。這時，一直被所有人遺忘在桌子上的鏡子說話了：「你們怎麼不早說！怪不得我覺得吃下拉米斯時有些怪怪的，沒想到他身體裡還有這些可怕的東西。」

七月轉過頭去看著鏡子，這時，一團火焰從鏡子裡飛了出來，嘴裡說道：「憋死我了！活了這麼多年，照亮了好多個黑夜，一直以來腦子裡想的都是把一切吞進我的肚子裡，燒個乾乾淨淨，沒想到這次竟然成了別人的食物！」緊跟著小火焰飛出來的，便是四眼爺爺的兩隻眼睛了，他總算止住了哭聲。莊南也笑了，說道：「這樣看來，一切都沒有變壞嘛！」

大家準備睡覺之前，白光醒了過來，他來到大廳裡，向這個家裡的每個人道歉，然後把整件事情的前因後果做了說明。白光是透明人，所以得不到他人的信任，雖然也有像七月與滿目這樣的朋友，他始終都想像正常人一樣，有一個能被人看見的身體。

其實來到千山鎮的第一天傍晚，他就遇到了黑煙拉米斯，他提議附在白光身上，讓白光有一個可以讓大家看見的身體，不過白光拒絕了。後來發生了三位大廚失蹤的事件，大家都懷疑是白光做的，他想被看見的的願望也就越來越強烈，最後終於在今天下午，同意了拉米斯的請求。

「沒想到那團黑煙撲進我的身體後，我感覺自己的意識一點點消去。我想讓他出來，已經來不及了，接下來發生的事情，連我也不清楚。所以，再次為我造成的傷害向你們道歉。」說完，白光又向大家鞠了個躬。

莊南笑著說道：「沒關係，你的出現倒是讓我們大家明白，沒有莊重，我們也可以好好活下去。」

第二十章

# 曾經的莊先生

在太陽蓋過黑暗的那一瞬間，莊先生家的大門被打開了，四眼爺爺、印、七月和推著輪椅的同依序從屋子裡走出來。他們的表情說不上凝重，可是看起來都死氣沉沉。他們要去柳婆婆家。

經過昨天晚上的拉米斯風波之後，大家再也沒提起去柳婆婆家的事情，因為那場戰鬥雖然勝利了，大家也都累到不行。莊南說過，沒有莊先生，大家也可以好好活下去，但是卻活得不輕鬆。

一躺在床上，包括七月在內的所有人，都只有一個想法：要是莊先生在家裡多好啊！他們一點都不相信莊先生再也不會回來了。

有夢真好，睡了一覺之後，大家的心裡又重新充滿了希望，覺得只要去找柳婆婆，莊先生便會回來。畢竟，像莊先生這樣友好、這樣善良、這樣厲害的人，怎麼可能像空氣一樣消失了呢？大家都不管皮影與孤影的話，也沒管昨天晚上他們帶回家的那隻小灰貓。

「一定是柳婆婆讓莊先生做什麼危險的事。莊先生是個好人，他不會拒絕的。」來到大門外後，印說。

「當然是這樣，不過，因為是莊先生，也就沒什麼危險啦！一切都會圓滿解決的，到時莊先生就回家了。」同說。

「絕對是這樣了。」四眼爺爺說。

「最好是這樣。」七月也說。

莊南沒有說話，她可能發現了，大家只是在自我安慰而已。

「還是快走吧！去了柳婆婆家，一切就明白了，路還遠著呢！」四眼爺爺說著，望著前方，他的兩隻眼睛早就飛出去了，不過，他很快便把他們叫了回來，說道：「現在開始我得看好他們了，莊先生不在，如果他們丟了，我怎麼找得回來呢？」

七月回過頭去看了看莊先生家的房子，發現那隻小灰貓正蹲在圍牆上望著大家。昨天上床睡覺之後，七月一會兒想到莊先生，一會兒想到這隻貓，最後，莊先生與這隻小灰貓的形象融合在了一起。

七月放慢了腳步，落後在所有人的後面，然後慢慢靠近圍牆，小聲對那隻小灰貓說道：「你是莊先生，對不對？」

圍牆上的那隻小灰貓打了個冷顫，七月繼續說道：「不管你現在是什麼樣子，你永遠都是我們喜歡的莊先生。」

小灰貓沒有說話，很快就跳下圍牆，跑進了院子裡。

七月小跑步的趕上大家。她也不確定那是不是莊先生，只是想對他說那些話而已。

柳婆婆的家在山的另一邊——一個偏僻、荒涼的樹林裡。所有的女巫都喜歡住在那兒，她們覺得這樣自己看起來才像個女巫。因為莊南坐在輪椅上，大家都走得很慢，而且似乎是故意走得很慢，好顯示並不是特別擔心莊先生出什麼意外。到達森林時，四眼爺爺的兩隻眼睛又飛了出去，說是幫忙探路。很快，四眼爺爺就叫起來，對大家說道：「我的那兩隻眼睛看到了不少有趣的東西喔！一大堆的櫃子小精靈！」

「先不要管櫃子小精靈了，您的眼睛只要找到柳婆婆家就行了。」印沒好氣的說。

不久，所有人便來到了樹林深處，他們看到了一棟破舊的小木屋，木屋的煙囪裡正冒出裊裊炊煙。等大家接近小木屋，聽到裡面傳來一個沙啞的聲音：「你這個笨蛋，連飯也不會做了，是不是？」

七月覺得這個聲音很恐怖，心想，這個聲音的主人應該就柳婆婆了，而柳婆婆，一定就是個皮膚皺得像老樹皮的人。

四眼爺爺來到門前，敲了敲門，說道：「柳婆婆，打擾了，我是老四眼。」他的話音剛落，老舊的門便「嘎吱」一聲被打開了，四眼爺爺嚇得差點跌下了臺階。七月看到門裡站著一位很高貴的老夫人，她正板著臉望著大家。她就是柳婆婆了。

「你們吃早飯了嗎？」柳婆婆冷冰冰的問。

「吃了，吃了，我淩晨四點半就起床準備了。」四眼爺爺說。

「那就好，請進吧！」柳婆婆說著，便轉身進了屋子裡。要想讓柳婆婆熱情接待客人，這輩子是不可能的啦！大家無奈的望著她，也只好跟著進屋了。

七月來到光線明亮的溫暖小屋裡時，已經看不到柳婆婆的影子了。

「你這個笨蛋，快點燒火啊！」柳婆婆的聲音突然從隔壁房間傳來。

「對不起，我馬上就燒火了，對不起！」另外一個聲音也響起。

七月吃了一驚，印、同與四眼爺爺也差不多在同時露出了驚訝的表情。

「這個聲音——」印看著同說道。

「是大蚊！」同與七月齊聲說道。

「你們也認識大蚊那個笨蛋啊？」柳婆婆的聲音傳來，她已經來到大家身邊了。

七月想起大蚊告訴自己的、有關他母親的事，便小心的問柳婆婆：「您不會就是大蚊的母親吧？」

「是又怎麼樣，你有意見啊？真是沒禮貌的小鬼！」柳婆婆瞪著七月，尖刻的說道。突然，她又把頭轉向了一邊，高聲說道：「笨蛋，讓你去做飯呢！你出來幹什麼？今天還要不要吃早飯啊！」

「我只是聽到了老朋友的聲音，想出來看看他們。」大蚊小聲的說。七月看到他正站在門邊。

「看完了吧？現在可以去做飯了吧！笨蛋！」柳婆婆尖刻的說完，伸出又細又長的手指，指著大門旁邊的一盞油燈。托著油燈的那隻手突然動了起來，把燈放在一旁的桌子上，然後再伸長，把大蚊往廚房裡推。那隻手的力氣還真大，一下便將大蚊推倒在地上了。七月感覺整個小木屋都在震動。

「笨蛋！笨蛋！」柳婆婆叫道，「我死了之後，看你怎麼辦！」

七月發現柳婆婆的臉上閃過一絲擔憂，雖然她脾氣不好，但母親就是母親。

「快說吧！莊南，你們找我有什麼事？」柳婆婆整理了一下自己的頭髮說道。

「是莊重的事。」莊南嚴肅的說。

「哈！想來也是。因為昨天莊重沒回去，你們一定覺得我把他怎麼樣了，對不對？」柳婆婆沒好氣的說。

「難道不是您嗎？」說到這兒，莊南變得很悲傷，「這個世界上，恐怕沒有比您更了解，也更能影響他的人了。」

「我了解他這倒不假。說我能影響他，我可沒這個自信。」柳婆婆說著，半瞇著眼睛打量著莊南，「你不是更能影響他嗎？你可是他一直掛念的姊姊啊！看來你是想來要回莊重了，你準備怎麼做？」

「婆婆。」莊南說道，「以前莊重跟著您學習魔法，您經常讓他完成一些很艱巨的任務，對他也太嚴格。當時我覺得，您也是為了他好，便沒說什麼。不過，這次如果您想把莊重從我們身邊奪走，我是不會讓步的！」

「不會讓步？剛好，那邊有個丫頭也這樣說呢！」柳婆婆說完，又指了指油燈，很快，那隻手就提著一把椅子出來了，椅子上則坐著一臉痛苦的琉璃。那隻手將琉璃放在莊南旁邊，又回去將油燈托在手上。

「她天還沒亮就來了，比你們早。不過她沒吃早飯，意思是想在我家裡蹭飯，真氣人！」柳婆婆說。琉璃望著柳婆婆，似乎想說什麼，但她的兩片嘴唇像被縫在一起了，什麼也說不出來。

「應該讓你說說話才對，你的聲音很好聽，莊重喜歡，我也喜歡。」柳婆婆說著，指了指琉璃的嘴巴，琉璃長舒了一口氣，生氣的對柳婆婆說道：「總有一天，您會為您對別人的殘忍付出代價！」

「我對誰殘忍了？會付出什麼代價？」柳婆婆說。

「您對任何人都殘忍，您從來不考慮別人的心情。您難道沒發現，連兒子大蚊也怕您嗎？您孤苦無依，一個人住在這個偏僻的地方，難道還不是代價嗎？」琉璃說。

「聽你這麼說，我確實有些難過。」柳婆婆笑道，又看著莊南，說道：「你也看到了，這個棲霞樓的野丫頭，也是為了莊重的事情正在生我的氣呢！」

莊南看著琉璃，問道：「你怎麼也來了？」

「我早該來了。我早就感覺到異常，可是又害怕去驗證自己的猜測，才拖到現在。」琉璃說著，眼淚掉了下來。

「現在的那個莊重並不是以前的莊重。最近我一直在調查，發現莊重其實在五年前就生病過世了。」

琉璃的話無疑是晴天霹靂，所有的人都驚訝得說不出話來，只有柳婆婆依然平靜的望著大家，對琉璃說道：「沒想到小丫頭你還挺聰明的嘛！」

「所以我才會來找您，柳婆婆。我覺得您知道一切。而且，我這次來，其實是想告訴您，不管現在的莊重是不是以前的莊重，我都不想讓他離開千山鎮，離開『難忘』，離開我們。我應該接受那面鏡子才對，哪怕我一直懷疑他不是莊重，我也早就接受他了。」

「這一切到底是怎麼回事？」莊南也望著柳婆婆，「請您完完整整告訴我。」

「本來就準備告訴你們的，吃了早飯便打算去找你們，沒想到你們先來了。」柳婆婆說，「沒錯，莊重在五年前就生病死了。我現在都不知道他生了什麼病，反正一夜之間就變得很嚴重。我想通知你，莊南，但是那時你的腿剛剛癱瘓，整天坐在家裡唉聲歎氣，不是抱怨命運不公，就是哀歎自己的不幸。莊重不想讓你太過傷心，還說他會好起來的，沒想到他那麼快就死了。這就叫天妒英才吧！一直以來他都很聰明、很善良，這樣的人是活不長久的。

當時我養了三隻貓：皮影、孤影與疏影，他們都很喜歡莊重，特別是疏影。莊重死後，我正準備把這個消息告訴你，沒想到疏影卻提出，由他來扮演莊重，直到你的腿好起來為止。當時我也覺得好玩，便同意用魔法將他變成了莊重的樣子。一切都進行得很順利，而疏影變成的莊重也得到了大家的喜歡與尊重。不過我的魔法也有限，就在最近幾天，魔法便要失效了。

昨天，皮影與孤影跑到我家，想要偷我的藥，他們以為我的魔藥可以讓疏影保持莊先生的樣子。我把兩隻小貓抓了起來，通知了疏影。本來以為，因為疏影捨不得這個人類的外形，這兩隻貓才會這麼做。皮影與孤影一直都很喜歡莊重，當疏影變成他之後，他們假裝不知道，一直留在莊重的身邊。

莊重來到我家之後，我才發現，原來，他這兩天一直在準備著向你們告別，我想，你們也是根據那些訣別的話，猜到了一些情況。昨天魔法失效了，他變回了貓，就是這樣。昨天晚上你們也看到了那隻小灰貓，那就是你們千方百計想要留住的莊先生。」

柳婆婆說著，看了看大家，見大家都沒有說話，繼續說道：「他扮演莊重這個角色，可能比莊重自己還要成功，慢慢的，我也想讓他一直維持人類的樣子，所以這些年來一直在想辦法。我還邀請了精靈島的精靈王來作客，準備把我珍藏多年的畫送給他，希望他能給我一根他的頭髮，讓我研製出新的藥，幫助疏影。但疏影說不用了，他借走了莊重的身分這麼多年，已經覺得很滿足了。

那些櫃子小精靈你們看到了吧？他們正在排練節目，準備迎接精靈王。哈拉是他們的指揮，這群小傢伙還挺有趣的。今天晚上，精靈王就要到我家來了，如果你們感興趣，可以留在這兒作客。你們可以回去勸勸疏影，我會把藥研製出來，讓他永遠保持莊重的樣子。」

「這一切說破之時，您應該也就明白，不可能再像過去一樣了。」莊南說。

一切都清楚了，大家也都不想待在柳婆婆家了。趁著柳婆婆送大家出門時，七月悄悄來到了廚房與大蚊說會兒話。七月覺得大蚊真可憐，不過大蚊搖了搖頭，說道：「可憐的是我母親。我感覺她真的老了。她希望我盡快學會怎樣應付生活，很擔心自己的時間不夠了。希望你不要討厭她，雖然她脾氣不好，為人刻薄，但並不是什麼壞人。」

「沒有，我當然不討厭她。她的心腸也很好。」七月想到柳婆婆為疏影與莊重所做的一切，都替她覺得不值。因為她付出了無限的好意，卻因為自己的壞脾氣，讓人無法充分感受到。

「再見，大蚊，雖然我也不知道我們還會不會再見。」七月輕聲的說。莊先生的突然消失，讓七月明白生命太無常了。

一路上大家都很沉默，都皺著眉頭思考著什麼。七月也知道，大家正在想著，要怎樣面對那隻名叫疏影的貓。回到莊先生的家裡，皮影與孤影都蹲在圍牆上，大家問他們疏影去哪兒了。

「他已經走了。」孤影說。

「走了，去哪兒？」莊南問道。

「我們也不知道，反正是走了。」皮影說。

「都沒有向我們告別啊！」琉璃感歎道，但馬上又笑了起來，「也不知道該怎麼告別。」

「他希望您能繼續開他的店。那家店叫『難忘』是因為，他想告訴大家，和千山鎮有關的一切，都讓他難以忘記。」孤影說著，來到了莊南面前，「當初他開那家魔藥店，也是因為得知您對魔藥感興趣。從一開始，那家店就是留給您的。」

莊南沒有說話，只是低下了頭。琉璃來到她的身邊說道：「姊姊，如果您想哭就哭出來吧！」

莊南抬起了頭，眼裡含著淚水。她對琉璃點了點頭，淚水就流下來了。印與同此時又哇哇大哭起來，七月也哭了起來，連四眼爺爺也在抹眼淚呢！最後，四眼爺爺的哭聲蓋過了所有的聲音，大家只好回過頭來安慰這位上了年紀的老人。

到了下午，莊南便和琉璃以及印與同去店裡了。老七一個人在店裡忙得團團轉，但他告訴大家，昨天中午莊先生告訴過他，無論如何也要把店給撐下去。

「莊先生去哪兒了？」老七問道，他的八隻手依然各忙各的。

「我也不知道。」莊南說，「但這家店是不會倒的。」

晚上回到家裡，莊南讓四眼爺爺在院子與大廳裡都點上了很多燈，整個房子變得明亮了起來，大家也都盡量讓自己看起來高興一點。所有人都極力避開莊先生這個話題，就像他從來都沒存在於這個家裡一樣。

當大家談論著今天千山鎮裡發生的有趣事情時，七月卻覺得很難過，獨自一人來到院門前的臺階坐下。三天前，當她站在這兒望著這扇門時，怎麼會想到三天後會是這樣的情景呢？

皮影與孤影不知何時也在七月旁邊蹲了下來，七月望著他們笑了笑，說道：「你們一直知道莊先生是疏影，對嗎？」

「知道。只是我們盡量不去談起這件事情。」皮影說。

「當初我們對他要變成人的樣子，要以莊重的身分生活這件事情，還相當反感呢！」孤影笑道，「沒想到，最後我們都喜歡上變成莊重的他。莊重與疏影，我們也分不清楚誰是誰了。」

「你們怎麼沒和他一起離開呢？」七月又問。

「他希望我們留下來，因為，現在我們的生活中不只有莊重了。你也看到了，我們有這樣好的一個家，這樣好的家人，沒有理由離開。」皮影說。

「那莊先生為什麼要離開呢？」七月覺得很疑惑。

「他只是一時覺得沒臉見大家吧！我相信他還會回來。」孤影回答。

大家安靜了一會兒，孤影又說道：「莊先生走時，讓我們轉達幾句話給你，七月。聽他說，你似乎認出他了，讓他既高興又緊張。他說，希望你在這個家裡能感到快樂，希望你能幫助莊南，希望這短暫的三天相處，沒讓你討厭他。」

「怎麼會呢？就算莊先生不在了，但我離開之後，想到自己的這次旅行，首先想到的，還是莊先生啊！」七月說。

沒有了莊先生，生活還是要繼續。莊南對店裡的生意慢慢熟悉了，同時也開始配製一些有趣的魔藥，她的腿也慢慢的好起來，心情也跟著變好了。琉璃也經常來店裡幫忙，同時幫助自己的父親改變鎮裡的政策。

過了一個多月，大家的談話中終於出現了莊先生，一起回憶以前的往事，一起盼望著莊先生能夠回來。

又過了兩個月，金朱成了莊南的徒弟，經常往店裡跑，宋老闆對這個「吃裡扒外」的員工很生氣，為了補償她，七月還到棲霞樓裡工作了兩個月。這兩個月裡，她甚至和刻薄的阿長也成為了朋友。

印與同依然大大咧咧，但現在更懂得關心人了，特別是四眼爺爺。她們的魔藥配製水準也提高很多，莊南都可以放心的出門旅行幾天，把店裡的事完完全全交給這對雙胞胎。

七月還去過柳婆婆家幾次，同時也得知，那天晚上精靈王並沒有來，好像是他的父親生了重病，來不了了。反正莊先生也走了，柳婆婆覺得他來不來無所謂，不過，哈拉與那些櫃子小精靈都很失望。

櫃子小精靈們回到家後，在櫃子裡不吃不喝，生了幾天的悶氣，本來歡迎小精靈回家的主人，最後又抱怨起櫃子小精靈來。

七月初六，是以前那個莊先生的祭日，店裡的人都去了他的墳前祭拜。墓碑照片上，這個莊先生長得和七月見過的莊先生一模一樣，但七月對他一無所知。

「我突然發現啊！那個莊重離開之後，我們都成長了。」琉璃突然笑著說。

「或許我們只是習慣了依賴他，所以他才選擇離開的吧？」同說。

「不再依賴莊先生，我們也可以生活得很好，但我還是希望他能回來。」印感歎道。

大家都會心一笑。

莊先生啊，莊先生，大家都想您回來時，您到底去了哪裡？

# 第二十一章

# 告別

七月似乎再一次回到了那片草原，在那兒，陽光明媚，她像一隻小貓一樣，在草原中鑽來鑽去，不問方向，也不知道什麼時候停下來。她還是迷迷糊糊的，看不清前路，眼睛似乎也睜不大開。

七月來到了河邊，好像望著河水又好像望著天空，她看到了爸爸、媽媽。爸爸確實很年輕，不過，七月知道是他。可是，爸爸、媽媽很快就從七月眼前消失了，然後滿目、莊先生以及四眼爺爺出現在她面前。他們都對著她笑個不停，七月叫他們，他們也只是笑，然後揮揮手，離開了七月。

他們似乎在七月的面前進入了一個隧道，越變越小，越變越小，在他們消失的地方，又出現了幾隻貓。起初牠們只是幾個小點，然後越來越大，越來越大。

牠們盯著七月，七月的心沉到了谷底，說道：「是要回去了嗎？」

七月醒了過來，在她面前的，實實在在出現在她面前的，只有滿目。七月坐了起來，發現自己躺在莊先生家外的那片草原上。

「我睡著了？」七月抓了抓自己的頭髮，想起來今天是週末，店裡放假，她便與滿目出來走走，這兒太陽太舒服了，她便睡著了。

七月來到千山鎮已經半年了。這半年裡，她似乎完全成為千山鎮的一員了，也很少想到自己的家。很多時候，她都覺得，永遠待在這裡她會更高興，但又覺得這樣想對不起媽媽，便使勁想把這個想法從腦子裡趕走。

「你怎麼了？看你皺著眉頭，是不是作什麼惡夢了？」滿目問。

七月遲疑了一會兒，對他說道：「我夢到那九隻貓來接我了，我還是在這片草原上，沒有和任何人告別，所以，我就希望他們讓我回來告別。滿目，夢到那九隻貓應該是要離開的徵兆吧？我也不知道自己應該高興還是難過。」

「當時我離開你的那個世界時，心情也是如此。」滿目望著遠處的山，「可以說，我到了那兒，就一直在為離開那天做準備，可是我依然覺得自己好像還沒準備好，好像還有很多事要做。離開那天，我似乎感覺到，自己只要跨出家門就會走了。我就一直在家裡拖延，看看這兒，看看那兒，在家裡走來走去。我的心裡似乎有什麼東西在催著我，而我只想就這樣走下去。但是，回來之後一切就不一樣了。我依然愛著那個世界的一切，可是，我並不覺得離開那天就失去了它們。相反的，現在那個世界存在於我的心裡，誰也偷不走，誰也無法改變。」

七月看了看滿目的側臉，一直看著，然後閉上眼睛，似乎想把它永遠銘記。然後，她深吸了一口氣，像滿目一樣望著遠處的山。

天空中有一個黑點靠近他們，七月用手擋住陽光，望著那個小黑點，黑點慢慢靠近了，東彎彎，西倒倒，然後像一塊重達好幾噸的石頭，砸向了草地。

滿目把七月按在地上，以免她受傷。七月一開始聽到地上發出像炸彈爆炸一樣的聲音，然後又聽到了什麼東西在地上拍動。她站起來一看，原來是柳婆婆的那隻老鷹，他那冒冒失失的樣子，像個喝了酒的醉漢。老鷹的嘴裡還有一封信，七月取下來一看，是柳婆婆給她的請帖。

七月正準備看請帖中寫了些什麼，這時，她對面的草叢發出窸窸窣窣的響聲，七月抬頭一看，幾隻貓在不遠處望著她。七月緊緊抓著請帖，轉過頭對滿目說道：「你看到牠們了嗎？」她的另一隻手顫抖的指著那幾隻貓。

滿目點了點頭，七月覺得太陽一下子失去了往日的光輝，低聲的說：「那我該離開了，對吧？」

「是的，只是沒想到這麼快。」滿目的聲音也降低了，他看著七月，說道：「我陪你一起去，把你送到那棟房子的面前。」

七月點點頭，他們站了起來，手拉手跟著那九隻貓前行。

那些貓還是和以前一樣，走上幾步，又回來望著七月，看七月是不是跟上了。牠們走過了草原，爬過了青山，來到了一片碧綠的稻田。七月順著地裡的小徑往前望，看到了那棟破舊的小木屋，就在稻田的那一邊。它還是半年前的樣子，可是七月已經不是那時的七月了，她的心裡充滿了很多快樂與難過的事，還有那些她喜歡的人。雖然才認識他們半年，七月覺得自己的生命已經和他們的融合在一起了。

離開這兒，不也是向她生活和生命的一部分告別嗎？七月回過頭看了看千山鎮，很安靜，它沒有注意到七月要離開了。她還遠遠望見了棲霞樓的招牌，那裡面現在一定很熱鬧吧？宋老闆可能正在訓斥著某位偷懶的員工；白光可能正在四處轉來轉去，和其他店員問好，現在大家已經慢慢相信他了；琉璃可能正在店裡把玩她的鏡子——之前莊先生打算送給她的那面鏡子，後來由莊南再次送給她，這次琉璃沒有拒絕。

七月又看了看自己身旁的滿目，他也正望著七月。有好一會兒，他們一句話也沒說。七月怕自己一開口就會哇哇大哭起來。最後，滿目開口說道：「請帖可以借我看一下嗎？」七月把請帖遞給了滿目。她看見滿目拿出一支筆，在信封的背面寫了些什麼。很快，滿目就把信塞進了七月那大大的衣服口袋裡，對她說道：

「回去再看，可以嗎？」七月點點頭，然後眼淚流了出來，她不管了，乾脆哇哇大哭起來。

滿目拉住七月的手，說道：「快點回去吧！那些貓在等你。生活還是要繼續。」說完，他鬆開了七月的手，七月向前跑了兩步，又回過頭來看著滿目，說道：「很高興我能認識你，很高興能認識我在這兒認識的所有人。對了，請代我向他們道別，我回去了，但是會一直記住他們。滿目，我也會一直記得你！」七月說完，馬上轉過頭去，因為她的眼淚快掉下來了。

滿目叫住了她，他的眼睛泛著淚光，說道：「你的未來，我的過去，我們總會相見。」說完，滿目把頭轉向了一邊。

七月用手擦了擦自己的淚水，飛快的跑向小木屋。當她跨進木屋之前，她又轉過頭，笑著朝滿目揮手，滿目也朝她揮手，他的手裡似乎還握著什麼東西。七月的淚水掉了下來，模糊了她的視線，不過她知道，滿目也一定對她笑了。

跨進小木屋，這兒就是另外一個世界了。七月來到了鏡子面前，又見到了那幾隻貓。

「你們讓我很難過，又讓我很高興。但是高興多過難過，謝謝你們。」七月輕聲對那些貓說道，也不管牠們聽不聽得到。

第二十二章

# 結局

小木屋直接把七月送到了奶奶家的屋後，那兒長滿了野草，沒有人注意到這棟太過活潑、四處亂跑的小房子。七月的心裡還是很難過，當她跨出小木屋，看到奶奶家時，心裡竟然有些失望。她多麼希望這棟木屋也被四眼爺爺給灌醉了，這樣也許它會迷路，也許七月就還在那個如此迷人又可愛的世界。

七月呆呆的站著，望著奶奶的家，歎了口氣。她沿著小路，走了幾步，回頭看時，小木屋已經不見了。「它現在一定去接其他人進行這樣的旅行了吧？大家忙著來，忙著離開。」七月想著，很快就來到了奶奶家的大門前。

七月走進屋子，大廳裡的電視機還開著，放著的是七月走之前正在播放的動畫片的下一集，廚房裡傳來了伯伯和奶奶那熟悉的聲音。她看了看牆上的鐘，現在是四點四十分。她輕輕的來到廚房，呆呆的站在伯伯和奶奶身後，想要確定她現在遇到的是哪一天的他們。

「怎麼沒聽到七月的說話聲？她不會睡著了吧？」奶奶正在洗菜，頭也沒回的對伯伯說道。

「有可能哦，每次她看著電視，很快就會睡著。」伯伯笑著說，「小孩子在哪兒都能睡著。」

「轉眼七月就十歲了，你弟弟也離開九年了，時間過得真快。」奶奶歎了口氣。

「誰說他離開了呢？他一直活在我們的記憶裡，活在七月的眼睛裡。更重要的是——」伯伯把魚倒進了鍋裡，「他一定在另外一個世界生活得很好，我們雖然找不到他，但他一定很快樂。」這時伯伯轉過身，看到了七月，便對奶奶說道：「你的孫女可真是個怪孩子，在這兒聽大人說話呢！」

奶奶把七月趕出了廚房，讓她乖乖的去看電視。七月像個木頭人一樣，一屁股坐在沙發上，又回過頭看了看牆上的鐘，那兒沒有四眼爺爺的眼睛，只有時針、分針和秒針相互追逐，這就是七月的生活。

她回到了她離開的時候，那個世界的一切像沒發生過一樣。「難道真的是在作夢嗎？」七月這時突然想到柳婆婆的請帖，她記得當時滿目在信封上寫了些什麼，然後把它塞進了自己的口袋裡。七月從沙發上跳了起來，摸出了那封信。她看到信封上寫著：七月收。

「原來這一切都是真的！」七月差點叫了出來。她看了看廚房，又跑到自己樓上的小房間，然後坐在小床上，拆開了那封信，信上寫著：

七月：

婆婆邀請你參加今日的晚宴，到時我會宣布自己退休的消息，一個人出去走走，說不定能碰到疏影呢！你可得來參加才行啊！寫請帖的時候，我才發現自己的朋友實在太少了。

柳婆婆

「如果我還在千山鎮，一定會去的。真是對不起了。」七月自言自語著，然後她看到信封背面的字跡，上面寫著：祝你生日快樂！　滿目

「原來他知道我會回到我來的時候，只是從來沒有告訴過我。」七月看著滿目的字，開心的淚水掉了下來。

那是一個平常又特別的十歲生日，七月身邊有媽媽、奶奶和伯伯，還有爸爸，還有滿目和莊先生他們所在的那個世界。她覺得自己生活得很幸福。還有什麼好

抱怨的呢？

七月的生活又回到了正軌。剛開始，她常常想起那個世界，夢裡也是那些熟悉的面孔。她覺得她擁有那個世界的回憶，讓她和周遭的其他孩子都不一樣了。每天早上起床，七月都以為自己還在那裡，一看到自己在熟悉的家，竟然有些失望。不過，就像滿目說的，很快，七月又習慣了自己的生活、自己的世界。那個世界的一切漸漸變得模模糊糊了。

兩年過去了，七月十二歲了，她把那封信看了很多遍，還是不確定自己真的去過那兒。

「或許，這封信是我自己寫給自己的呢！媽媽不是說，我小時候總會幻想些奇怪的東西嗎？」七月心想。

那一天天氣很好，陽光明媚，樓上搬來了新的住戶，七月聽說是一對夫妻帶著上國三的兒子。以前樓上住的是一個慈眉善目的老爺爺，七月剛剛回到這個世界時，總是把他和四眼爺爺聯想在一起。老爺爺離開那天，七月覺得很難過，因為再也找不到比他更像四眼爺爺的人了。

第二天晚上，新鄰居家的阿姨帶著她的兒子，到樓下來拜訪七月和她的媽媽。七月待在自己的房間裡，聽到那個阿姨和媽媽的談話聲，聽起來媽媽好像很喜歡她。

媽媽又問那個孩子的名字。七月清清楚楚的聽到那個孩子回答：「滿目。」

七月覺得世界一下了變得很安靜、很清晰，在那個世界經歷過的一幕幕又清楚的出現在她的眼前。她衝出了房間，看到滿目就坐在沙發上。滿目也看到了她，對她笑了笑，那眼神似乎在說著：「好久不見。」

七月和滿目成了朋友。這個滿目是回到千山鎮之前的滿目，他對七月在千山鎮經歷過的一切一無所知。他們就像普通的孩子一樣，一起上學、一起看書、一起出去玩。

他們有時也說起那個世界的事，七月告訴滿目，他會回到他來的時候，然後要過兩年，才會遇到她。

有一次，滿目問七月到了那個世界的哪個地方，「告訴我吧！這樣我就可以找到你了。」

「我待在莊先生家，莊先生在千山鎮開了一家魔藥店。」七月笑著說，莊先生那火紅色的頭髮又在她眼前跳躍。那家店依然生意興隆吧？印和同如今也應該嫁人了吧？她們可能已經離開了莊先生的家，兩姊妹可能也不能像以前那樣整天黏在一起了。至於四眼爺爺，他應該還在莊先生家裡，在廚房裡哼著老歌。皮影、孤影和阿芒，他們也都老了吧？

「千山鎮嗎？聽說那裡有很多厲害的巫師，還有座棲霞樓。」滿目也想到了那個世界。

「我到那個世界的那段時間，一直待在那裡。我們會再相見的。」七月對滿目說，不過也像在安慰自己。滿目見到的那個七月，到底是她的過去還是未來呢？

「另外，我還想告訴你，莊先生是一隻貓。」七月小聲對滿目說。她終於明白了，是她告訴滿目莊先生的身分，她只是不想錯過與莊先生的告別。

就這樣，一直到了七月十八歲。

那一天，七月去滿目家裡找他。滿目的養母告訴她，滿目一個人在屋子裡踱來踱去，也不和大家說話。

七月的心裡想到了一個十二、三歲的滿目，他在那個世界，在棲霞樓，和白光在一起，和一個更年輕的七月在一起。

她的心好像被針扎了一下，於是跑下樓，找出那封信，在信封的背面寫著——

謝謝你！　七月

她拿著信朝樓上跑去，終於明白滿目當時手裡拿著什麼東西朝她揮手了，是這封信，她要把它送給滿目。

這次出來開門的是滿目，他看起來精神很不好。

七月也沒進屋，就一直盯著他的臉——二十歲滿目的臉，然後，她把信塞進了滿目的上衣口袋裡，說道：「是我送給你的。等你回到你的世界再看。你什麼都不用說，我知道你要回去了，一路順風。」

七月說完，朝樓下跑去，在樓梯轉彎的地方停了下來，回過頭，看見滿目還看著她，她笑著說道：「你的未來，我的過去，我們總會相見。」

她繼續朝樓下跑去，遇到了九隻貓，但她沒有回頭，跑進了自己的家，跑進了自己的房間，跑到了自己的床上，跑進了夢中的那個世界。

國家圖書館出版品預行編目 (CIP) 資料

鏡子裡的貓 / 楊翠著 . -- 初版 . -- 新北市 :
悅智文化館 , 2019.10
256 面 ; 14.7×21 公分 . -- ( 小書迷 ; 1)
ISBN 978-986-7018-34-2( 平裝 )

859.6　　108010377

小書迷 1

# 鏡子裡的貓

作　　者 / 楊翠
總 編 輯 / 徐昱
編　　輯 / 雨霓
封面繪製 / 古依平
執行美編 / 古依平

出 版 者 / 悅智文化事業有限公司
地　　址 / 新北市板橋區板新路 206 號 3 樓
電　　話 / 02-8952-4078
傳　　真 / 02-8952-4084
電子郵件 / sv5@elegantbooks.com.tw

戶　　名 / 悅智文化事業有限公司
郵撥帳號 / 19452608

本書臺灣繁體版由上海火雀文化傳媒有限公司及四川一覽文化傳播廣告有限公司 聯合代理，經天天出版社有限責任公司 授權出版。

初版一刷 2019 年 10 月　定價 250 元